JN168481

直虎と直政

井伊谷の両虎

岳真也

作品社

直虎と直政／目次

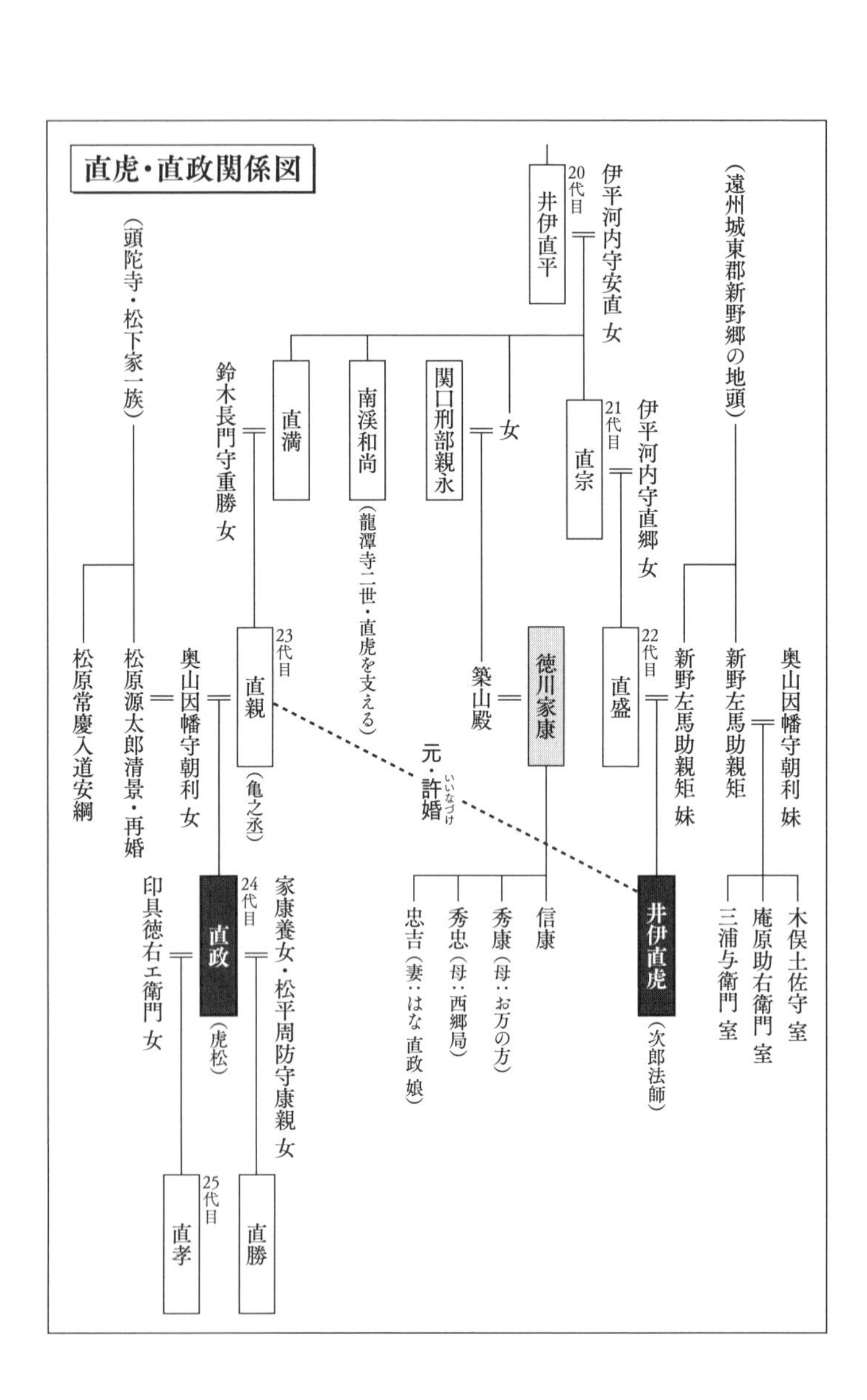

直虎・直政関係図
(遠州城東郡新野郷の地頭)
伊平河内守安直 女
20代目
井伊直平
21代目
直宗
伊平河内守直郷 女
女
関口刑部親永
南渓和尚
(龍潭寺二世・直虎を支える)
直満
鈴木長門守重勝 女
(頭陀寺・松下家一族)
奥山因幡守朝利 妹
新野左馬助親矩
新野左馬助親矩 妹
22代目
直盛
徳川家康
築山殿
元・許婚(いいなづけ)
23代目
直親
(亀之丞)
奥山因幡守朝利 女
松原源太郎清景・再婚
松原常慶入道安綱
木俣土佐守 室
庵原助右衛門 室
三浦与衛門 室
井伊直虎
(次郎法師)
信康
秀康(母:お万の方)
秀忠(母:西郷局)
忠吉(妻:はな 直政娘)
家康養女・松平周防守康親 女
24代目
直政
(虎松)
印具徳右エ衛門 女
直勝
25代目
直孝

郵便はがき

料金受取人払郵便

麹町支店承認

6747

差出有効期間
平成29年1月
9日まで

切手を貼らずに
お出しください

1 0 2 - 8 7 9 0

1 0 2

[受取人]
東京都千代田区
飯田橋2—7—4

株式会社 作品社
営業部読者係 行

【書籍ご購入お申し込み欄】

お問い合わせ　作品社営業部
TEL 03(3262)9753／FAX 03(3262)9757

小社へ直接ご注文の場合は、このはがきでお申し込み下さい。宅急便でご自宅までお届けいたします。送料は冊数に関係なく300円（ただしご購入の金額が1500円以上の場合は無料）、手数料は一律230円です。お申し込みから一週間前後で宅配いたします。書籍代金（税込）、送料、手数料は、お届け時にお支払い下さい。

書名	定価　円	冊
書名	定価　円	冊
書名	定価　円	冊
お名前	TEL　(　　)	
ご住所 〒		

フリガナ
お名前

男・女　　　　　歳

ご住所
〒

Eメール
アドレス

ご職業

ご購入図書名

●本書をお求めになった書店名

●ご購読の新聞・雑誌名

●本書を何でお知りになりましたか。

イ　店頭で

ロ　友人・知人の推薦

ハ　広告をみて（　　　　　　　　　）

ニ　書評・紹介記事をみて（　　　　　）

ホ　その他（　　　　　　　　　　　）

●本書についてのご感想をお聞かせください。

ご購入ありがとうございました。このカードによる皆様のご意見は、今後の出版の貴重な資料として生かしていきたいと存じます。また、ご記入いただいたご住所、Eメールアドレスに、小社の出版物のご案内をさしあげることがあります。上記以外の目的で、お客様の個人情報を使用することはありません。

直虎(なおとら)と直政(なおまさ)

――井伊谷(いいのや)の両虎(りょうこ)

序章　宿命

はじめて虎松を見たとき、次郎尼法師こと圓（みつ）は、いかにも亀之丞（かめのじょう）の子に間違いない、と思った。

永禄四（一五六一）年の春のことである。その二月、のちに「徳川四天王」の筆頭格で、井伊（いい）（彦根）家初代藩主・井伊直政（なおまさ）となる虎松（とらまつ）は生まれたのだ。

赤子ながら、さやかな二重（ふたえ）の丸い眼をして、ツンと鼻すじが通っている。ぽっちゃりとして色白の美男子だった。

「まぁ、まるで……」

おもわず口にしかけた言葉を、圓は呑みこんだ。父の亀之丞に生き写し……彼の幼いころにそっくりではないか。

顔をあわせた当初こそは母親の奥山殿、さやの腕に抱かれたまま、怖（お）じけるように首を揺すっていたが、しばし寄り添うているうちに、馴（な）れてきたのだろう、圓のほうに向けて、そのもみじのように小さく可憐（かれん）な手を伸ばしてくる。

「まこと、赤子とは愛おしいものよのう」

こんどははっきりと声に出して言い、圓は眼をほそめた。複雑に入り組んだ思いも、ないではない。もしや自分が剃髪さえしていなければ……が、それもまた、圓の宿命。そして、亀之丞の。

――

もともと亀之丞は圓の亡父の井伊信濃守直盛の叔父・彦次郎直満の子で、圓の許婚であった。井伊宗家の当主でありながら男児のなかった直盛が、亀之丞を一人娘の圓と娶せて、跡取りにしようとしたのである。

しかし予期せぬ宿命が、圓と亀之丞の二人を引き離した。亀之丞は流浪の暮らしをよぎなくされ、その帰りを待ちきれずに圓は未婚のままに出家した。

この子は圓の元許婚の嫡男ではあるけれど、彼女が自身の腹を痛めて産んだ子ではない。しかし、わが一族・井伊の血を引く者であることだけは確かなのだ。そして、

「この男子こそが、われらが切り札……井伊家の行く末を背負って立つ」

圓には何故か、そういう確信がわいた。

いや、彼女一人だけではない。きりりとした顔立ちで、いかにも聡明そうな赤子を見て、周囲のだれもがそう思ったようだ。

それかあらぬか、圓にとっては曾祖父にあたる一族の最長老で、引馬城（のちの浜松城）城主の直平が、その赤子の名付け親となったのだが、そのときに、

「もしやしてこの子は、ちょうど一年まえに桶狭間で討ち死にした直盛の生まれ変わりではないのか」

そう言って、圓の父で井伊家の前当主・直盛と同じ幼名にする、と決めた。

虎松である。

先代の直盛が亡くなったのは、昨永禄三年のことだ。

五月、「東海の盟主」といわれた今川治部大輔義元は、駿河・遠江・三河の三国の軍勢をしたがえて、尾張の織田信長を討つべく出陣した。丸根、鷲津と織田方の重要な砦を落として、勝利は目前。慢心し、油断して休息していた義元の本陣を、寡兵ながら精鋭の織田の将兵が襲った。

織田方の毛利新助良勝の手によって、義元は首級を奪われ、六十余名の近習たちも全員、戦死した。

そのなかに直盛もまじっていて、彼は果敢に刀槍を振るい、戦ったが、敵勢にかこまれて満身創痍となり、もはやこれまで、と奥山孫四郎に介錯を頼み、切腹して果てた。

「あやつめ、まさに猛虎のごとく、奮戦したそうな」

思いだしたか、新たに涙して、その模様を居合わせた面々に語ってきかせたのち、直平は、こんなふうに告げたという。

「さよう。この虎松は、わが故地たる井伊谷の長となるばかりではない……いずれ、天下を睥睨し、咆吼する本物の猛虎となりおるぞ」

初対面のいま、圓もまた、直平の言ったとおりだ、この子はわが父・直盛より何倍も大きな虎になる。おのが手で、ぜひにそうしなければ……と思っていた。


四年後の永禄八（一五六五）年。

虎松は五歳となったが、その面差しは凜々(りり)しく、いよいよ父の直親に――圓が幼馴染(おさななじ)みとして、また許婚として、親しく接していたころの亀之丞に似てきた。

だが、このわずか四年のあいだに、圓には思いも寄らなかったことが起きていた。まさかに、その父と子の宿命までが、そっくりになろうとは……虎松は、父親の踏んだ轍(わだち)をたどるかのようではないか。

直盛亡きあと、虎松の父の亀之丞はあとをついで直親(なおちか)と名乗り、井伊家の当主となったが、これまた謀事(はかりごと)にあって横死(おうし)する。さらには一族の最長老、齢(よわい)七十五に達した圓の曾祖父・井伊直平もまた、怪死して、井伊の血を引く男子は、直親の遺児たる虎松よりほかなくなってしまった。

しかし、虎松はまだ幼い。幼すぎた。

そこで圓は、おのれの意に反してまでして、ある大きな決断をするのである。

第一章　策謀の環

一

天文(てんぶん)十三（一五四四）年の師走(しわす)。――

その年も押しつまったころのことである。

朝から冷たい木枯(こが)らしが吹き、空全体が赤黒く染まっている。今にも雪が降ってきそうな気配がみなぎり、じっさい中空にはすでに、ちらほらと風花(かざはな)が舞っていた。

「冷えよるわい。この寒さをしのぐには、酒をあおるのが何よりじゃろう」

そう言って、井伊家当主の信濃守直盛は同じ井伊谷(いいのや)に住まう叔父や他の親戚、重臣らをおのれの城館の広間にまねき、妻や女中たちに命じて、酒肴(しゅこう)の支度をさせた。娘の圓も手伝おうとしたのだが、父・直盛が押しとどめ、

「圓、そなたは父のそばにおれ。ほれ、これを羽織(はお)ってな、温(ぬく)もうておるがよい」

と、分厚い自分の綿入れを手わたして寄こした。

仕方なく圓がそれを引っかけ、父親とその叔父の一人、南渓瑞聞和尚とのあいだにはさまれて、小さくなっていると、ほどなく酒盛りがはじまった。

「明日は、かの高名な宗牧師匠を、この城館に招聘しての連歌会じゃ」

今宵はその前夜祭である、と直盛は皆に告げる。

「……盛大にやろうではないか」

参集した者たちが父の掛け声に応じて、それぞれ盃を取った。そのまま、はじめはだれもが和気藹々と飲み、かつ談笑していたのだが、突然に、

「何を申すか、ふざけたことをっ」

広間を揺るがすほどに大きな濁声が響いてきた。叫んでいるのは、南渓和尚のすぐ下の弟、圓にとってはやはり大叔父に当たる亀之丞の父親の彦次郎直満だった。家老の小野和泉守道高が徳利を手に、膳をはさんで向かいあっている。

和泉守は精一杯の愛想笑いを浮かべ、直満の盃に酒をつごうとしながら、

「しかれども、直満どの。兵をあつめ、鎧に兜、刀槍なぞ、武装をととのえておられるのは、まことでござりましょうが」

「そ、それは……」

と言いよどむ直満のわきで、弟の平次郎直義が、

「まことでござる」

きっぱりと言いかえす。

「甲斐の武田の者たちが、われらの領地に出没しておる。これを退治し、追い払わんで、どうする」

直義の話では、浜名湖の北東部に位置する井伊の領内に武田の兵がしばしば侵入している。

「田畑は荒らすわ、女子に狼藉ははたらくわで、土地の百姓どもが困っておるのよ」

「それゆえ親父どのに命ぜられて、こちらも兵をそろえ、あこぎな連中を迎え撃とうというのだ」

と、直満も言いそえる。親父どの――当主の座を下りた今も、一族の「たばね」として君臨している圓の曾祖父・井伊直平のことである。

「しかし、駿府のお屋形さまのお許しも得ずして、武田勢と兵をまじえようとは……」

和泉守も負けてはいなかった。駿府に居する今川義元は、武田晴信（信玄）の姉を正室に迎えており、晴信が父親の信虎を追放したときにも、その身柄を預かることで恩を売り、なお同盟関係をたもっている。なのに、今川の臣下たるべき井伊衆が、たとえ局所的な小競り合いとはいえ、武田方と干戈をまじえては困るというのだ。

「お屋形さまのお立場というものもござりますればな」

「良いか、和泉」

和泉守の酌を、頭を横に振って断わってから、直満は言う。

「敵は正規の兵ではない、ただの山賊ばらよ。たとえ、もしそうでなくとも、いずこの兵であってもじゃ、われらの領地を侵す者があれば、相手が何者であろうとも、これを蹴散らす」

「そうだ、兄上の申されるとおりじゃ。何があろうとも、おのれの領地はおのれの手で守る……当たり前のことではないか」

二人に押されて、さしもの和泉守も黙りこんだ。が、その鮫(さめ)のように尖った顔の頬のあたりに、またも変にゆがんだ笑みが浮かんだ。


大の男たちの激しいやりとりを、圓はといえば、父・直盛の腕にしがみつくようにして見守っていた。

その圓の幼い眼にも、父の一家臣にすぎない小野和泉守の不敵な態度、微妙な表情は、何か解(げ)せないものと映ったが、はたして翌朝には、今川家からの使者が井伊谷の城をおとずれた。そしてその召喚状に応じて、直満と直義の二人は駿府の城へとおもむくこととなった。

ただちに彼らは義元の御前に引きだされ、訊問(じんもん)をうけた。

義元とその側衆(そば)は、前日小野和泉守が二人に言ったように、目下武田方との関係は良好であり、いたずらに事をかまえてはならぬ——そんなふうに告げたが、それだけではしかし、生命(いのち)までも奪われるような罪とはならない。

ところがそのとき、直満・直義の兄弟の眼が文字どおり、皿のようになった。なんと小野和泉守道高が、次の間から立ち現われたのである。
義元の覚えもめでたい越前出身の連歌師・宗牧は当夜、和泉守の屋敷に泊まることになってお
り、その支度をすべく、和泉守は井伊谷にとどまっているはずだった。それが、そうではない
……となると、今川の主従、また宗牧までもが謀事に加担して、直満らを油断させておいたのか。
さらに和泉守は井伊家当主・信濃守直盛の眼をも欺いて、駿府に潜行したのであろうか。
ともあれ、和泉守は義元のほうを向き、ふかぶかと低頭すると、
「武田方の山賊退治なぞとは、ただの口実……いえ、真っ赤な嘘にござりまする」
しらっとした顔で申し立てる。
「それどころか、ここな二人は、そういう山賊どもまでも上手く言いくるめ、引き連れて、ここ
駿府に攻め入ろうとたくらんでおったのです」
はなから直満らは今川に背き、駿府の城に奇襲をかける算段でいた、と和泉守は言い張った。
直満と直義は唖然として、吐くべき言葉もなかった。その二人を捕らえて、義元は側近に命じ、
即刻、首を刎ねさせたのであった。

二

この当時、井伊家の主家は、たしかに拠点の駿府ばかりか、三河そして遠江にも版図をひろげ

ていた今川家にほかならなかった。都に近い湖（琵琶湖）をもつ近江（近淡海）に対し、遠い湖（浜名湖）のある遠江（近淡海）である。

だが鎌倉、室町の両時代を通して、井伊と今川の両家はむしろ長らく反目・確執しあっていた。

それが、世に「花蔵の乱」といわれる今川家の家督争いのおり、井伊家第二十代目の井伊直平が、勝者となった今川義元に味方したことにより、好転した。故地の井伊谷をはじめ、所領を安堵され、

「当面は平穏に行くか」

と思われた矢先に、さきの事件が起こったのである。

青天の霹靂、とでも言うべきか、現当主の直盛はもとより、一族のだれもが仰天させられた。が、そのじつ、だいぶまえから惨事が起こる禍いの根のようなものは、井伊一党のうちに宿っていたのだ。

それは井伊の家が、小野家という「獅子身中の虫」を取りこんでいたからである。

この家名から、まず思いだされるのは八色の姓の朝臣――推古帝や聖徳太子の御代に、遣隋使として大陸に渡った小野妹子であろう。

文人墨客も多く輩出した。従三位に叙せられ、『経国集』などに詩文を残し、『令義解』の撰者としても知られる小野篁。その孫で、三蹟の一人にかぞえられる書家の小野道風。そして歌詠みの麗人・小野小町……もっとも、全国津々浦々に小野なる地名はあって、それにちなんだ名を

もつ氏族も、相当な数にのぼる。

おのれの家の系譜に、そうした人物の名を借用する一族も少なからず。井伊家にはいりこんだ小野氏も同様であった。

小野篁を始祖とし、たまたまその二十代目に当たるのが和泉守道高の父の小野兵庫助。これが直平に取り立てられて井伊家の家老となり、井伊谷川の下流にある小野の里に屋敷をさずけられたのが最初という。だが、じつのところは、

「今川の治部大輔（義元）が直平公を説得し、兵庫助を送りこんだのではないか」

そう見る向きも、井伊の身内のなかには少なくなかった。

兵庫助に和泉守、この父子は絶えず義元の居城の駿府に使いの者を送り、また、みずから何度も出向くなどして、そのおりおりの井伊家の様子を報告していた節がみられるからである。

もっとも、そういう井伊家の由来にしても、どこまでが本当なのかはわからない。


遠江国引佐郡渭伊郷。――

奥浜名の湖にそそぎこむ都田川の流域一帯がおよそ引佐郡だが、この引佐じたいが「ゐ（井）な（乃）さ（里）」だったといわれるほどに、水の豊かなところであったという。

その都田川の支流、井伊谷川と神宮寺川にはさまれた山間の郷村。背後には三岳の山がそびえ、ちょうど馬蹄のような形をしている。

それが、井伊家の故地たる渭伊郷もしくは井伊谷で、東西に九町余（約一キロ）、南北に十四町弱（約一・五キロ）ほどの小盆地である。

付近にはほかにも井ノ口、井戸尻、椿井戸、伊（井）平、水神、と井泉にかかわる地名が多く、はるか大昔より、この地に人びとが棲み暮らしていたことは、これまた里のあちこちに見られる古い墳墓（古墳）からも明らかであろう。

そしてその中心となったのが、天白岩座のある渭伊の社。水神、すなわち龍を祀った神社だが、ここに掘られた井戸こそが、井伊家の先祖が出来した場所といわれているのだ。

そう、「誕生」ではなく、「出来」というにふさわしい現われ方を、その始祖はした。

井伊谷八幡宮の別称をもつ渭伊社の本殿まえの瑞垣の向こうに、神田がひろがっている。その神の田んぼのなかに「御手洗の井戸」があって、古くより、聖なる井戸と信ぜられていた。

圓などが古老らから聞かされている言い伝えによれば、こういうことになる。

一条天皇の御代、寛弘七（一〇一〇）年の元旦、寅の刻（午前四時ころ）。――

年の始めに御手洗の井戸に詣でて、水を汲むのは恒例の行事とて、八幡宮の神主が歩み寄ったところ、

「おや、おかしい。どこぞで赤子の泣く声が……」

ひとりごちて、神主は周囲を見まわした。しかし冬枯れの田にも、瑞垣のあたりにも、いずこにも赤子の姿などはなかった。神主は両の耳に手を当てて、じっと聴き入った。

やはり、外ではない。井戸のなかだ。

「この井戸の底から聞こえてきよる……」

いぶかりながらも、身を乗りだし、覗いてみると、底のほうに何やら白っぽく光るものがある。声を発しているのは、まぎれもなくそこにいる赤子で、白く輝いて見えるのは、その子をつつんだ布のようだ。

そう思い、神主は井戸の端においてある釣瓶を取って、ゆっくりと注意ぶかく下ろしていった。すると綱を握った手に、途中でずしりと重い感覚が伝わってくる。

こんどもゆるゆると綱を引き、釣瓶を上げてみると、案の定、水ではなく、人の子がなかにはいっていた。錦を織りこんだ眩い白布にすっぽりと身をおおわれ、すでにして泣くのはやめて、つぶらな両の眼で神主の顔を見つめている。

色白で、目鼻立ちのきわだった美麗な赤子であった。

とても近在の民百姓の子とは思われない。もしや、この井の奥に棲まわれているという龍神さまの御子……そうでなくとも、いずれ、尊い方の御子にちがいない。

「……不思議なことも、あればあるものじゃ」

抱きかかえると、神主は隣接する龍泰寺の塔頭・自浄院に連れていき、住持と相談のうえで、産湯を使わせた。

そうして身を清め、乳の代わりに産粥を飲ませて育てることにしたのだという。

この奇譚を聞けば、たいていは、

「事情あって、わが子を育てられぬ親が、夜のうちに井戸のわきに捨てたのだろう」

と思うだろう。

圓もまた、そうだった。しかし、同時に彼女は首をかしげさせられた。凍りつくような厳冬の晩に、そんな真似をする者がいるだろうか。それに、たとえそうだとしても、生きて元気にしていたことこそが奇蹟である。

しかも、まとっていた正絹の布のように、赤子そのものが黄金の輝きをおび、眼にした者はだれも、

「まさに神の子」

と信じたといわれている。

その後、御手洗の井戸で拾われた男児は、社や寺の人びとの手で健やかに育てられ、七歳になった。

たいそう聡明で、並みの読み書きはおろか、難しい漢籍なども読みこなし、一方ではみずから歌を詠んだりもした。武勇にも秀でていたようだ。

「井中出誕」の奇譚とあいまって、そうした噂はたちまちのうちに広まっていく。ひとり引佐郡はおろか、ついには遠江にあって知らぬ者など一人もないというまでになった。

当然のことにそれは、遠江介に任ぜられ、朝廷から遠江一国を預けられた国司の耳にも届いた。大織冠こと藤原鎌足から数えて十二代目の北家良門流当主・藤原備中守共資である。

共資は井伊谷から三里（約十二キロ）ほど西南にある湖東の村櫛郷に住んでいたが、娘はいるものの、いまだ男児に恵まれていない。ために日々、村櫛郷志津の城を出て、近隣の社寺に参詣していたのだった。

「どうか、吾に跡取りとなる男子をさずけたまえ」

そんな経緯があっただけに、渭伊社の聖なる井戸に出来（生誕）した少年に興味をもち、居城の志津城へとよびだした。

城の御殿で共資に拝謁した少年は、見るからに賢そうで、それでいながら腕っ節も強そうであった。

「そなた、文武両道に通じておるな」

これからは武家の重んじられる時代……そうと読んでいたせいもあるのだろう、共資は一目で少年を気に入って、養子にとることに決めた。おのれの実の娘と娶せて、家督をつがせることにしたのである。

やがて元服した少年は、養父の官名をひきつぎ、その名からも一字を頂戴して、備中守共保と名乗った。いっそうの威厳と風格をそなえ、養父・共資の家来衆ばかりか、国中の人びとから敬われるようになったという。

かくして共保は、しばし志津城にとどまったのち、「井中出誕」の地――ふるさとでもある井伊谷にもどり、そこに自分の城を築いた。

そのとき、みずから「井伊」の姓を称し、井伊家初代の当主となったのである。

ちなみに、かの奇譚の故事にもとづき、井伊家の軍幕の紋は「井」の一字。また、共保が現われ出た御手洗の井戸のかたわらに、ぽつんと一本、橘（たちばな）の木が立っていて、この橘の花の模様を彼の産衣（うぶぎ）に施したことにより、井伊の家紋は「橘」と決められたといわれている。

三

井伊家の始祖・共保から、圓の曾祖父・井伊直平の代にいたるまでは二十代、五百年ほどの長きに及ぶのだが、その間のことは、あまり定かではない。

ただ源頼朝が平氏との争いに打ち勝ち、征夷大将軍――武家の頭領（とうりょう）として鎌倉に幕府をひらいたころ、井伊の一族は源氏方にくみしていたという。将軍家を補佐する執権（しっけん）職の北条氏が力をもっていたころも、上総介（かずさのすけ）、三浦介、大内介などとならぶ、

「八介の一、井伊介」

とよばれていた。「守」に準ずる遠江介として歴代、井伊谷に居住し、引佐郡一帯を統（す）べていたようだ。

井伊家の在りようが、いくらかなりと確認されるのは、この日の本の朝廷が南と北とに二分されたころからだろう。つまりは当時の大きな戦さに、井伊（渭伊）郷の者たちも巻きこまれてしまったのである。

よく知られていることではあるが、かいつまんで見ていくと、つぎのようになる。

これより二百数十年まえの元弘三（一三三三）年、鎌倉幕府にさからって、隠岐島に流されていた後醍醐天皇が島を脱出、伯耆国にて兵を挙げる。

幕府の命により、その鎮圧に向かった守護職の足利高氏が途中で寝返り、六波羅探題を攻撃する。相前後して新田義貞が鎌倉を攻め落とし、鎌倉幕府は滅ぶ。

そこで京にはいった後醍醐天皇は、天皇と朝廷を中心とした新たな政事をはじめるのだ。これが「建武の新政（中興）」だが、このとき後醍醐帝は、功あった高氏に、

「朕の名の尊治より、一字をさずけよう」

と、偏諱を下賜。高氏は尊氏と称するようになる。ところが、その足利尊氏の、

「どうか、みどもに征夷大将軍の任につくよう、ご命じ下さい」

との申し入れには、いっかな応じようとはしない。帝としては、尊氏が鎌倉のような幕府をかまえることを案じたのであろう。

尊氏はおおいに不服だったが、ほかにも不平不満を抱いた者は大勢いる。さきに約したとおり、後醍醐天皇はつぎつぎと新政策を打ちだしていったが、所領の没収をはじめ、そのほとんどは、

それまで力のあった武家たちを蔑ろ（ないがし）にしたものであった。

　そうした武家の屈折した思いを後ろ盾（うしろだて）のようにして、信濃国で反乱を起こし、鎌倉に攻め上ったのが、鎌倉幕府最後の執権（しっけん）・北条高時の遺児の時行（ときゆき）である。建武二（一三三五）年七月のことで、のちに「中先代（なかせんだい）の乱」とよばれる事件だ。

　みずから「征東将軍」を名乗り、尊氏は関東に下向して、時行軍を鎮圧するが、奪取した鎌倉にとどまったまま、彼は京には戻ろうとしない。

「尊氏め、朕への謀反（むほん）をくわだてておるのか」

　怒った後醍醐天皇は新田義貞を召しだして、尊氏を討伐するよう命じた。これを受けて、義貞は鎌倉へと向かったものの、箱根竹ノ下で進軍を阻止され、返り討ちにあってしまう。

　勢いに乗った尊氏軍は、その年の暮れに鎌倉を発して、翌建武三年正月には入洛（にゅうらく）し、「帝の兵」と戦う。当初は尊氏軍が優勢だったのだが、そのうちに戦況が変わり、敗北した尊氏らはいったん播磨（はりま）へ。さらには九州へと、逃走をよぎなくされた。

　ところが同年四月には再起して博多の地から一路、京をめざし、摂津（せっつ）国の湊川（みなとがわ）で楠木（くすのき）正成と激突。打ち破り、尊氏は再度入洛して、後醍醐帝とはべつに、光明帝（こうみょうてい）を擁立する。

　この持明院統（じみょういんとう）の天皇家を俗に「北朝」とよび、比叡山をへて紀伊山地の奥ふかく、吉野の里に潜幸した後醍醐帝の大覚寺統（だいかくじとう）のほうは、「南朝」とよばれるようになったのである。

じつはこのころすでに、遠江国でも戦乱が起きていた。井伊谷の西北に位置する三方原(みかたがはら)で、北朝方の今川の軍勢と南朝方を扶(たす)けようとした井伊勢とのあいだで、熾烈(しれつ)な戦いがくりひろげられていたのだ。

そもそも足利家は、鎌倉幕府をひらいた源頼朝と始祖を同じくする。それが八幡太郎(はちまんたろう)・源義家で、義家の長子・義親(よしちか)の家系が源家、次子の義国の家系が足利と新田に分かれていく。

その足利家の四代目には次子ながら嫡流の泰氏(やすうじ)がなり、長子にして庶流の長氏(ながうじ)は、三河国は吉良荘(きらのしょう)に住んで「吉良」を名乗る。その吉良長氏の次子・国氏(くにうじ)がこんどは今川荘に居住し、「今川」姓を称するのである。

数ある足利の分家のなかでも、この両家は血すじばかりか、勲功のある人物を輩出したことでも知られ、別格とされて、

「御所（足利）が絶えれば、吉良がつぎ、吉良が絶えれば、今川がつぐ」

といわれてきた。

さきの初代・国氏みずから、反乱軍を鎮(しず)めた戦功によって遠江国引馬(ひくま)荘をあたえられた。それが、今川氏が遠江に進出したきっかけだったようだ。

一方、井伊氏の周辺には、南朝方の荘園がたくさんあった。

たとえば浜松荘は公家(くげ)の西園寺(さいおんじ)家、都田の御厨(みくりや)も同じく洞院(とういん)家の所領、というふうに……そうとなれば、おのずと南朝方に加担する気分にもなろうというもの。そこに、後醍醐天皇は目をつ

けたのである。

「朕の皇子の一人を送りこむのがよろしかろうの」

えらばれたのが、宗良親王だった。

親王はかつて出家して妙法院宮、さらに尊澄法親王と称して天台座主となったが、父帝がさきに鎌倉幕府を相手に戦った「元弘の乱」では、還俗して参戦。帝が隠岐に配流されたおりには親王も讃岐に流されたが、幕府が倒れ、後醍醐帝の親政がなされると、天台座主に返り咲く。

それが足利尊氏の謀反によって、父帝が吉野に逃れ、南北朝に分かたれると、またも還俗する。

宗良親王は父帝の命により、ひとたび井伊谷を訪ね、歓待されたが、まもなく南朝軍の戦列に加わるべく吉野へと帰ることとなった。


そして、暦応元（延元三、一三三八）年秋のこと。吉野にほど近い伊勢の大湊は、五十余艘もの船で埋めつくされ、おびただしい将兵で賑わっていた。

「もはや上方と西国は、足利の息のかかった者らでことごとく占められてしもうた……われらの活路は東じゃ。東方の地に向かうべし」

後醍醐天皇はそう考えたのだが、西へ行くにしろ、東をめざすにしろ、陸路はおおかた足利の兵たちで固められている。そこで大船団を組んで、嫡男の皇子・義良親王をはじめ、宗良親王、それに北畠親房などがめいめいの船に乗りこみ、伊勢大湊から東海へと出立する。

ところが、であった。船団がまだいくらも進まぬ遠州灘のあたりで、空が厚い黒雲におおわれ、冷たく激しい風が吹いてきて、大雨が降りだした。暴風雨である。

吹き荒れる海嵐のなか、各船は散り散りになり、巌にぶつかって座礁、難破したり、沈没する船まで出る始末。すでに櫓も櫂も役には立たず、帆を下ろして、波の間に間に揺られるしか手がなかった。それでも宗良親王の乗った船は、どうにか難を逃れて、遠江国の白羽の湊に打ち上げられたという。

もっとも、東国とはいっても、いずこの国のどこへ行くと決まっていたわりではない。

「宗良親王らの一行は、はなから井伊郷に遠からぬ白羽湊をめざしていた」

と言う向きもある。

それというのも宗良親王の船には、井伊谷をはじめとする遠江出身の水夫たちが大勢、乗っていたからだ。嵐がすぎ去ったのち、彼らが帆や舵をあやつり、先導したとしても、不思議はなかった。

ともあれ、宗良親王は時の井伊家当主・井伊道政に再会、このたびも喜んで迎えられた。

「ようこそ、ご無事でわが井伊の里にお戻りになられました……きっと大神のご加護がございましたのでしょう」

井伊の里（渭伊郷）には、平城の井伊谷城のほかに、高さ十四尺余（約四百七十メートル）の三岳山上に築かれた堅牢鉄壁の三岳（井伊）城があるが、宗良親王はその山上の城へとはいることとなる。

井伊の兵たちは、親王のこもった三岳城の守りをいっそう固めると同時に、東方に大平城、南方に鴨江城、西に千頭峯城、北に天山城など、幾多の支城を築いて、北朝勢の攻撃にそなえた。

暦応二（一三三九）年、そこを攻めたのは今川方ではなく、足利氏直属ともいうべき高氏や仁木氏の軍勢だった。この敵方の大将は、高越後守師泰や高尾張守泰兼らだ
足利軍の将兵らに比べれば、ずっと寡兵ではあったが、井伊勢も必死に防戦した。しかし守りきることは出来ず、七月には鴨江城、八月には大平城が陥落。十月には千頭峯城も落ちて、翌三年正月には、ついに三岳城も白旗を揚げた。

その間になんと、吉野の朝廟では、後醍醐天皇が崩御していたのである。すぐさま義良親王が後村上帝として即位したが、宗良親王の心痛は深かった。三岳の落城をまえにして、道政は、

「かくなるうえは、この地でむざむざ犬死になさることはござりませぬ。どうか、落ち延びて下さりませ」

そう言って、親王を信州下伊那郡へと逃亡させた。

このあと、仁木氏に代わって、今川氏の今川範国・範氏父子が遠江の守護職に任ぜられ、内心瞋恚を抱きながらも、井伊一族は今川への臣従をよぎなくされてしまう。

一介の「北朝」方の国人（国衆）として、逼塞するほかはなかったのだ。

応安年間（一三六八～一三七五）には、九州探題に任ぜられた範氏の弟の今川了俊（貞世）につ

き従って、かの地の南朝勢を壊滅すべく、

「井伊氏や、その親族の奥山氏は九州へと下向する」

といったことまでもしている。

四

応仁元（一四六七）年、かの悪名高き「応仁の乱」が勃発した。満天下を揺るがし、震わせた、この大乱の発端は、

「足利将軍家の内輪喧嘩――それも、夫婦の諍いであった」

というもので、はなから愚かしい。

足利八代将軍・義政には、実の男子が一人もなかった。そこで弟の義視を養子に迎え、管領・細川勝元を後見人として、次期将軍の座をゆずることにしたのである。

これには当初、正室の日野富子も承知したのだが、皮肉なことに翌年、義政と富子のあいだに初の男児が誕生する。

むろんのことに、富子は心変わりをする。そのわが子・義尚をこそ後継にすべきだと言い張り、

「義視どのは廃嫡となさって下さいませ」

と、夫に迫るが、義政は、

「いったん約したものを、そうたやすくは覆(くつがえ)せまい」

そう言って、取りあおうとはせず、夫婦仲は悪化の一途をたどることとなる。

富子は義尚の後見人に有力者の山名宗全(やまなそうぜん)をえらび、これにより、細川氏と山名氏は対立。そこへ足利の支族・斯波(しば)氏と畠山氏という両管領家の相続争いまでもがからみ、京の都は「東軍」と「西軍」に分かれての大戦さの場となってしまう。

途中で、細川勝元が義視から寝返って、富子や義尚に肩入れすると、山名宗全のほうは、かつての敵の義視方に加担するなど、きわめて入り組み、渾然(こんぜん)とした争乱の様相を呈してくる。

東海道に近く、上方からの旅僧や旅芸人、行商人などが頻繁に往き来するだけに、井伊氏のもとにも、そうした京師(けいし)の動向の報は逐一(ちくいち)もたらされる。が、まだ幼少であったこともあり、井伊直平などには、

「何がいったい、どうなっているものやら……」

見当もつかなかったようである。またじっさい、それほどの乱脈ぶりでもあったのだが、にも拘わらず、畿内(きない)での争乱は、ここ東海の地にも飛び火した。


文明五(一四七三)年十一月、将軍・義政は駿河を拠点にしていた今川家六代目の義忠(よしただ)を、隣国・遠江国の懸川(かけがわ)(掛川)荘の代官に任ずる。これを契機に、義忠の子の氏親(うじちか)が、相州小田原に拠(よ)った叔父の伊勢新九郎(しんくろう)こと北条早雲の後押しを得て、遠江への侵攻をはかることとなるのだ。

この今川勢の暴挙を阻止すべく、このころの遠江の守護職にあった斯波義達を擁して、

「先祖伝来のわれらが土地じゃ。いかにしても、守らねばならぬ」

と、井伊や浜名、大河内氏などの国人衆が結束して、立ちあがった。

しかし総じて、戦況は不利なものであった。

永正七（一五一〇）年、斯波勢は今川の軍勢に追い立てられて、「まきの寺」とよばれた本陣の月光山宝光庵を焼き討ちされてしまう。翌八年にはいったん盛りかえすのだが、十年三月、今川軍は重臣の朝比奈泰以を先陣にして、井伊谷の背後にそびえる三岳の城に総攻撃をかけた。

このときは、当主だった直平みずから刀槍をとって戦い、井伊勢は奮闘したが、武運つたなく、またも落城の憂き目をみてしまうのである。

こうして遠江は今川氏親によって平定され、三岳城には、これも氏親と通じていた三河の奥平貞昌が城代としてはいることとなった。

井伊直平は城を追われ、北方の山岳部に落ち延びる。妻の実家であり、井伊の分家の伊（井）平の館に匿われて、しばしのあいだ、ひっそりと暮らすことになるのだ。

この圓の曾祖父の直平そして井伊一族に、変化の兆しをもたらすのが、例の「花蔵の乱」なのである。

今川氏親が大永六（一五二六）年に亡くなり、子の氏輝があとをつぐのだが、その氏輝も十年後

の天文五（一五三六）年、嫡子のないままに病没してしまう。

跡目はおのずと、氏輝の弟たちのうちのいずれかがつぐこととなった。

年齢からいうと、氏親の三男で、出家していた玄広恵探に分がある。だが彼は、出自がよくなかった。側室の福島氏の生まれで、つまりは庶流。これに対して、同じく僧職にあった梅岳承芳は、年下ながら正室の寿桂尼の子――嫡流ということになる。

玄広恵探と梅岳承芳の兄弟、また二人を擁する両派は、今川の直臣ばかりではなく、周囲の国人衆にも、

「ぜひに、お味方を」

とはたらきかけた。

山間の伊平の館で逼塞していた井伊直平のもとにも、今川家からの使いの者がやってきて、玄広派、梅岳派のどちらもが、

「井伊谷の城と三岳の城は、そこもとに返す。領地も従来のままに安堵することになろうぞ」

ともちかけたのである。

没落し、散り散りになったとはいえ、井伊谷のみならず、井伊の一族や支族は引佐郡はもとより、遠江国中にたくさんいた。だからこれを味方につければ、戦いの勝敗を左右するほどの大きな勢力となるのだ。

結局、宗家当主の直平は、梅岳方につくことに決する。

「今川の家臣をはじめ、大勢は嫡流を支持している」

と見えたから、もっともなこととも言えようが、そのじつ、苦渋の選択と決断でもあったようだ。

直平には直宗、南渓、直満、直義、直元と五人の男児があった。うちの二男・南渓は庶流ということもあり、早くに出家して井伊家菩提寺・龍泰寺（のち龍潭寺）の住持となったが、経文や漢籍に親しみ、故事来歴にも詳しい。

甥で現当主の直盛の一人娘・圓をことのほか可愛がり、読み書きや算術、仏の教えなどを授けてくれたのも、この南渓和尚なのだが、じつは彼のすぐ上に一人、姉がいたのだ。

その娘を直平は、還俗して義元と称した梅岳のもとに差しだした。要するに人質だったが、義元はいったんおのれの側室にした。それを、やがて彼は自分の養妹ということにして、側近で縁戚の関口刑部少輔親永に嫁がせてしまう。

その二人のあいだに生まれた娘が、瀬名姫――のちに徳川家康の正室となる「築山殿」だったのである。

五

さて、「花蔵の乱」は呆気なく片がつき、義元（梅岳）方の圧倒的な勝利に終わる。

彼に加勢した井伊直平はそのまま今川義元の麾下にはいり、本領たる井伊谷六万石を安堵されたばかりか、同じ遠江国の引馬の地に新領六万石をあたえられ、一挙に十二万石もの大地頭となった。

官名のほうも、それまでの修理亮から信濃守を称するように、と仰せつけられる。

「井伊谷の城には世つぎを住まわせ、そのほうは引馬の城主となるが良い」

ここに井伊直平の苦労と腐心が結実し、今川家の庇護下におかれて、一見安泰したかに思われたのだが、そのじつ、水面下ではさまざまな策謀が渦を巻いていたのだ。

直平は自身が引馬に移るにさいして、当主の座を長男の直宗にゆずり、井伊谷の城をゆだねる。が、その圓にとっては祖父に当たる直宗が、天文十一（一五四二）年の正月、今川勢の三河田原城攻めに加わって討ち死に。その嫡子だった直盛が家督をついだ。

けれども直盛には、圓一人しか子がいない。跡つぎとなるべき男子がなかった。ために直盛の叔父の一人、直満の子息たる亀之丞に、白羽の矢が立つこととなった。亀之丞を圓の許婚とし、

「ゆくゆくは井伊家の采配をまかせることになろう」

と、直盛は直満をはじめ、親戚一同、重臣らに向かい宣言し、約束したのである。

そのことこそが、小野和泉守道高には、いちばんに面白くなかったのにちがいない。もともと彼は直満とは反りがあわず、反目しあっていた。世にいう「犬猿の仲」だったのだ。

亀乃丞はこのとき七歳、圓よりも二つ年下で、そのころの習としては、夫とするには格好の相

手とはいえない。一方、和泉守にはもっと年長の十二歳、すなわち年齢だけでいえば、亀之丞より園にふさわしいともいえる息子がいた。

和泉守は当初から、その息子・道好を園の婿にして、井伊の家督をつがせるつもりでいた。早い話が、体のいい「乗っ取り」をたくらんでいたのである。

それかあらぬか、さきの事件後、駿府から立ち帰った小野和泉守は、井伊家当主の信濃守直盛ら主従をまえに、主家・今川治部大輔義元による直満・直義兄弟の処罰を正式に知らせると同時に、

「お屋形さまよりのご伝言である」

として、

「直満が嫡子も失すべし」

と告げた。なんと、父の罪に連座するかたちで一子・亀之丞をも殺めよ、との裁定が下ったというのだ。

井伊家の者たちから見れば、直満と直義兄弟には、もともと何の罪もない。が、たとえ冤罪とはいえ、父親は主家の咎めによって処断された。ならば、その息子も同罪で、この世から抹殺すべきだというのだろう。

無理無体な論法であるが、

「これが和泉守の真の狙いではないか」

直盛ら一族の者たちが気づいたときには、遅かったのである。

和泉守が去ると、直盛は、殺害された直満の股肱の臣であった勝間田藤七郎正実を自室によび、

「……事は急を要する」

と耳打ちした。

「何とか和泉守の手の者の眼を盗み、亀之丞をここ井伊谷の里から連れだしてはくれぬか」

「はい。とりあえず脱けだす手筈だけは打ってあります」

それは、藁や蓆を縫って拵えた穀物などを入れる袋、かますを使うことだった。そのかますのなかに亀之丞を隠し、藤七郎が背負って里を出るのだ。

途中で誰何された場合にそなえて、彼は名前もあらかじめ本姓の勝間田から「今村」に変えた。遠江国引佐郡での勝間田姓というのは、これまた八幡太郎義家につながる由緒あるものであったが、それを捨ててまでしても、なお不安が残る。

「そうだ、武家がそのままのなりで、かますなぞを担いでいたのでは、怪しまれてしまうのではないか」

そう考えて、藤七郎はみずから髷のもとどりを剪って、ざんぎり頭になり、羽織袴を脱ぎすてると、股引の上に古綿の小袖と半纏を引っかけた。顔に泥を塗り、さらには手ぬぐいで頬かむりをする。

まったくの百姓のなりをして、亀之丞の潜むかますを背負い、何喰わぬ顔で和泉守の直臣のあいだをすり抜けたのだった。

そんなふうにして、井伊谷より北方へ一里（約四キロ）ほどさきの山間の里、黒田郷へと逃れたのだが、小野和泉守の一党は執拗にも、そのあたりにまで探索の手をのばしていた。

「井伊谷の近くでは見つかってしまう……もっと遠く、他国にまでも逃れねばならぬやもしれぬ」

そこで藤七郎は、一計を案じた。

「亀之丞さまはにわか病いでお亡くなりになられ、傅役の今村藤七郎どのは後を追い、腹を切って果てたそうな」

と、付近の者たちに喧伝させて、さらに北へ一里あまり、渋川郷の東光寺に達する。さいわい、まだそこまでは追っ手も来てはいなかった。

けれど、刺客の連中が現われるのは時間の問題であろう。

東光寺の寺僧に亀之丞の身柄を預けておいて、藤七郎は百姓姿のまま、ひそかに龍泰寺へと立ちもどった。亀之丞にとっては伯父にあたる住持の南渓和尚と相談し、国境を越えて、信州の伊那郡市田郷へと向かうことにしたのだ。

「市田郷には、松源寺なる寺がある……亀之丞をそこへ連れてゆき、匿うてもらうが良い」

松源寺は、南渓和尚の大師匠ともいうべき文叔上人が開基した寺。つまりは南渓和尚の師・黙宗和尚が教えを受けたのが文叔上人で、彼は井伊一族の長老・直平の信任篤く、かつて龍泰寺自浄院の院主(いんず)をしていたこともあったという。

松源寺は市田郷の地頭・松岡氏の氏寺(うじでら)だったが、上人は松岡城主・松岡右衛門太夫(うえもんだゆう)貞正の実弟。貞正が建立したときに、自浄院から弟の文叙上人をよびもどした。

そういう事情があったのである。

まさに仏の縁とも言えようが、ともあれ、南渓和尚は、

「しばし、待たれよ」

言いおいて、文机(ふづくえ)に向かい、こたびの経緯をつづった松源寺あての文(ふみ)を書き、今村藤七郎に手わたしたのだった。


それからじつに、まる十年もの歳月が流れた。

亀之丞らが井伊谷を脱出して、渋川郷をへ、信州の伊那郡へと逃れたのが天文十四（一五四五）年の正月。その信州を離れて、遠江に戻ったのが同二十四（一五五五）年の春のことである。

その間に、何度か南渓和尚は金子(きんす)や小物類を持って、人目を忍び、市田郷の亀之丞の寓居(ぐうきょ)をおとずれている。が、落ち延びた場所がいずこであるのか、敵の小野の一党に知れるのを恐れて、亀之丞らの様子を身内にさえも、ほとんど語ろうとはしなかった。

しかし、金子を届けたときなどは、それを託した当主の直盛への報告をおこたらずにいた。直盛はその妻——圓の母の椿(つばき)ぐらいには、寝物語に亀之丞の消息を明かしたりはする。そうなれば、

当然のことに、圓の耳にもはいった。

それによると、亀之丞は松源寺の寺僧たちから古書漢籍などを学び、松岡家の家来からは刀や槍、乗馬といった武術の手ほどきを授かって、

「文武両道に通じた立派な若侍に育っておる」

とのことである。

信州から来た旅人（たびにん）からも、噂話が洩れてくる。

「無聊（ぶりょう）をかこってか、郷里の井伊谷を偲（しの）んでか、夕刻になると、かならず寺の近くの小川のほとりで、笛を吹かれておりまする」

そう圓に教えてくれたのは、さきの宗牧と同様、そこかしこの村や里を訪ねてまわる旅の連歌師だった。

亀之丞が愛用していたのは黒色漆（うるし）仕上げの横笛のようだが、その爽（さわ）やかな音色のゆえに「青葉の笛」とよばれていたという。

「青葉の笛を……亀之丞どの、よほどにお寂しいのでしょうね」

そのおりには、圓なども幼き日の亀之丞の姿を脳裏（のうり）に思い浮かべて、胸をつまされたりもしたものである。

そうするうちに、たいそう仰天させられる話が届けられた。

亀之丞が寺を出て、近隣の島田郷の代官・塩沢氏の屋敷に暮らすようになり、身のまわりの世

話をやいてくれていた塩沢家の娘と懇ろになった。子まで成している、というのだ。

耳にした刹那、圓はおもわず眼を丸めた。胸もとで重ねあわせた両手の指の先が、我ながらもどかしく思われてしまうくらいに震えている。

しかし頭を冷やし、冷静になって考えてみれば、さして驚くべきことでもなかった。

このころ、女子は十三、四歳で嫁に行く。男子でも十五、六になれば、元服と同時に嫁を取るのが普通だった。井伊谷を離れて、七年余もたっていたであろうか、亀之丞もすでにそういう年ごろである。

いつになったら井伊谷の里へ帰れるか、わからない。ひょっとしたら生涯、帰れないかもしれないのだ。

逃避先で身を固めるようなことがあっても、けっしておかしくはないだろう。

そのことは、圓にもわかった。わかっていながらも、何がなし、はぐらかされ、わが身一つが取り残された気もしないではなかった。

六

そんなある日のこと。井伊谷の城館の回廊で、圓はたまたま、家老の小野和泉守道高と行き会ってしまった。そのとき、和泉守は例によって、かすかにゆがんだ笑みを浮かべて、

「お姫さま」

と、声をかけてきたのである。

「あなたさまも、はや齢十七……このままでは薹が立ち、それこそは行かぬがままの後家になってしまいまするぞ」

家臣や女中、家僕など、多くの者が通る廊下で、黙礼や会釈するのみなら、いざ知らず。おのれの立場もわきまえないで、親しげに話しかけてくるのも非礼なのに、何という言い草であろうか。

「おや、これはどうも……お気をわるくなされましたかな」

圓のいかにも不快げな表情を見てとると、白髪まじりの自分の鬢を軽く叩いて、

「何分にも老い先短い爺ぃの申すこと、お許しくださりませ」

黄ばんだ歯や歯茎を剝きだしにして、いま一度笑ってみせる。なるほど眼のまわりは皺だらけ、額や頬にはおびただしい老人斑も染みでていて、醜いこと、このうえもない。

老いの身ゆえ、許せと和泉守は言うけれど、非礼なのは父親の和泉守道高ばかりではないのだ。

息子の道好も同様だった。

おそらくは、この父子の二人とも、とうに亀之丞の逃亡先を突きとめている。そればかりか、その信州の伊那郡で亀之丞が当地の女人とともに暮らし、子までもうけたとの事実を知っているのにちがいない。

道好はこのごろはとみに、圓の姿を見かけると、近づいてくるようになった。

「庭の牡丹が咲きましたね」

とか、あるいはまた、

「対の鶸が物見櫓の庇に巣をつくりましたよ」

などといった他愛もない話ばかりなのだが、いつも囁くような小声で、圓の耳たぶに熱い息を吐きかけてくるのだ。

ときには、圓の肩に手をかけて来ようとまでする。彼女は咄嗟に身を躱し、

「そうですか」

素っ気なく応えて、それきり見向きもせずに去ってしまうのが常だった。

小野父子のたくらみは、はなから読めている。

いくら待っても、許婚の亀之丞は帰ってはこない。適齢の時期を逸して、圓は焦りはじめる。そこを狙い撃ちにすれば、かならずや落ちる……そうして婿となった道好に、つぎの井伊家当主の座が転がりこんでくる、と目論んでいるのは、まず疑いなかった。

「いかがでござりましょう、圓姫さま」

性懲りもなく、和泉守は言葉をつづける。

「それがしの眼の黒いうちに、倅の道好と祝言をあげていただきたいと存じまするが……」

冗談ではない。そなたの眼が白いか黒いかなぞ、吾の知ったことではないぞえ。黙ったまま、

きっと和泉守の顔を睨（にら）みすえて、圓はその場をあとにした。

思えば、あのときの屈辱が、吾の決断をうながしたのでございましょう……龍泰寺の本堂にこもり、本尊の虚空蔵菩薩（こくうぞうぼさつ）と向きあう格好で、座禅を組むと、圓こと次郎尼法師は城館の回廊での出来事を脳裏に思い浮かべた。そして、目のまえの御仏（みほとけ）に語りかけるようにして、心中に呟きはじめる。

許婚、いえ、元許婚と申すべきでしょう、亀之丞は信濃で、すでに女人と暮らしています。かたや、小野の父子がしきりと吾に婚儀を迫ってくる……何やら悶々（もんもん）とした日々がつづき、そういうなかで、菩提心がおのずと深まっていったのは確かです。

すべては、小野和泉守の卑劣な野望から起こったことでした。吾の大叔父に当たる直満どのや直義どのが謀反の疑義により、主家の今川治部大輔義元さまから誅伐（ちゅうばつ）されたのも、お家断絶、遺族にまで罪を負わせようとしたのも、和泉守の策謀。直満どのの忘れ形見の亀之丞を亡き者にしようとの企みも、はなから仕組まれていたのでしょう。

おのれの息子の道好を吾の婿にして、井伊の家を乗っ取り、家督をつがせようとしていたのです。

大叔父たちが亡くなった当時は、そうした経緯や小野父子の魂胆（こんたん）がまったくわかりませんでしたが、長ずるにしたがって、読めてきました。

亀之丞に関しては、懸想(けそう)したとかどうとかいうものでは、もとよりございません。まだ十にもならぬ子どものこと、ましてや亀之丞は、二つも年下なのです。

ただ幼馴染(おさななじ)みの遊び相手で、賢く優しい男子ではありました。しかも、将来の夫となるはずだった者。失いたくはない、死んで欲しくない、とただ、それのみが、あのころの偽らざる真情だったのだと思います。

でも吾一人を、この井伊谷に残して、おのれは逃亡先の信州で、土地の女子と懇ろになってしまう。そのことを思うと、つい恨みがましい気持ちに駆られたりもします……そんな自分が嫌で、何とも情けなく、眠れぬ夜なぞ、うっかり落とした涙で褥(しとね)の枕を濡らしてしまうのでした。

そして、そういうときにこそ、考えたのです。和泉守の言い草ではありませんが、このまま十八、十九、二十歳(はたち)ともなれば、まさしく世間の嗤(わら)う「行かず後家」です。今や、進むべき道は、ただ一つ。剃髪(ていはつ)して、尼になるよりほかはありません。

これまでにも増して吾は足繁く龍泰寺に通い、南渓和尚の法話に耳をかたむけ、経文などにも親しむようになっていました。

出家の決意を明かしたとき、亀之丞は戻らぬし、かといって小野家の道好は好かぬとなれば、詮方(せんかた)なしと、父・直盛は一応みとめてくれました。が、尼僧(にそう)にだけはなってはならぬ、と強く言いそえます。

その気持ちはわかりました。世の習いとして、男子の僧は還俗することが可能なのです。何となれば、その僧の家に跡取りの資格を有する者が絶えてしまったとき、それが必要とされたからです。

もっとも良い例が、今川家の義元さまでしょう。ひとたびは梅岳承芳と称して出家されていたのに、俗世に還り、異母兄の玄広恵探さま方と争って勝利したすえに、義元と名乗られて今川の家督をついだのです。

尼僧の場合は、そうは参りません。尼となれば、全き出家となり、還俗はゆるされぬのです。

当初、吾はそちらを望みました。すでに覚悟は決めたのです、浮き世を捨てて、仏の道を一途に進みたい、と頑なに告げて、あとに引こうとはしませんでした。

まもなく、みずから頭髪を剪り、奥女中らに手伝わせて、一毛たりとも残さずに剃りあげてしまいました。他の尼僧と同じように、真白の尼頭巾こそかぶりましたが、その下に以前のような黒々としたお髪はありません。おまけに、色鮮やかな振り袖や打ち掛けなぞはことごとく棄却してしまい、今はこのように簡素な墨染めの僧服に身をつつんでいます。

両親は慌てましたが、もはや、どうにもなりません。せめてもの願いと、娘の圓に尼の名だけは付けんで欲しい……戒師役の南渓和尚に、そう頼みこんだのです。

和尚は吾を諭しました。かようにして親子が対立するのは、いかがなものか。圓は男と女の別なく、ただ一人の井伊宗家の子であるのだから、お父上らの申しようも、もっともではないか、と。

南渓和尚は、おのれが庶流だけに、かえって井伊のお家にこだわっておいでです。和尚の困惑も苦衷も察せられますが、はて、父と吾の双方の言い分を立てられるだけの妙案を思いつかれますか、どうか……。

そのころすでに、南渓和尚は結論を得ていた。直盛の意見も圓の覚悟も、どちらも無視するわけにはいかない。そうと考え抜いたすえに、両者の折衷案が思い浮かんだのである。

南渓和尚は直盛夫婦と圓の三人を、龍泰寺の庫裏にまねき、ならんで坐らせると、

「次郎法師なる名は、どうでござろうか」

「次郎……法師？」

父母と娘の三人が、異口同音に訊きかえした。

「ふむ。ご存じのとおり、備中次郎とは井伊家代々の惣領につけられる通称。圓姫は女子ではあるが、われらが井伊氏の惣領家の一粒種……そこで、次郎の名と僧侶たることとをあわせ、次郎法師。これで良かろう」

たしかに、「法師」とさえよばれれば、出家の身の証しにはなる。しかし「次郎」とは、何がどう転んでも、男名前にほかならない。

けだし。南渓和尚はまさに、「何がどう転んでも」良いように、と計らったのだった。

すなわち、まずは亀之丞が戻らぬ場合にそなえてのことだろう。ついで小野家の道好に関して

はどうにも、圓の気が変わりそうにない。ただ、今後なお、いつ入り婿にふさわしい男子が現われぬとも限らなかった。剪った髪も、いずれ望めば伸びてくる――それゆえ男名前にして、「還俗の道」を残しておいたというわけである。

仕方ない、と圓は思った。それで、わが師僧となった南渓和尚はもとより、両親が納得するならば、これ以上、さからうことなぞ出来るはずもない、と。

「承知いたしました。わたくしめはこれより、井伊家の圓あらため、龍泰寺の僧・次郎法師と名乗らせていただきます」

そう言って、圓は南渓和尚、ついで父母の直盛夫婦に向かい、静かに微笑んでみせた。

第二章　存亡の危機

一

井伊亀之丞は、同家家老・小野和泉守道高の策略によって謀殺された井伊直満の忘れ形見である。その亀之丞が逃亡先の信州伊那郡から郷里の井伊谷（いいのや）に戻ることが出来たのは、ほかでもない当の和泉守が病死し、敵方の警戒がゆるんだからだった。

放っておいた間諜（かんちょう）の報告によって、それと知った傅役（もり）の今村藤七郎が、主（あるじ）の亀之丞に、

「殿、ここは多少の危険をおかしてでも、井伊谷へ帰らねばなりませぬぞ」

と勧めた。その裏には、甲斐の武田信玄が本格的に動きはじめていたこともある。

武田勢はまず伊那谷のとばくちに当たる高遠（たかとお）の城を落とし、天文二十三（一五五四）年の夏には、信玄みずからが出陣して伊那谷へと攻め入った。

土地の国人衆はその勢いに恐れをなし、戦わずして降伏。伊那郡における亀之丞の後ろ盾と

なっていた松岡氏も、武田方への臣従をよぎなくされていた。

「この様子では、いつまで殿を庇っていただけるか、わかりかねまする」

藤七郎に言われるまでもなかった。

亀之丞もすでに齢十七をすぎた。元服もすませ、かりそめとはいえ所帯ももって、人の子の親になっている。むろんのことに、相応の分別もついていた。

即断で帰国を決めたが、和泉守は逝ったとはいえ、なお長男の道好が親のあとをついで家老職につき、但馬守の官名を拝領、井伊谷に居坐っているというし、油断はならない。

「いずれ、迎えの者を寄こすことも出来よう」

そう告げて、これまでともに暮らしてきた島田郷の代官・塩沢氏の娘、雪埜には納得させた。彼女と一女を塩沢氏の屋敷に残して、亀之丞は井伊谷に向け、出立したのだった。

供をするのは今村藤七郎、それに松岡氏が護衛のために付けてくれた若干の手勢のみである。

それは天文二十四年の二月のことだったが、彼らはそのまま、まっすぐに井伊谷にはいったわけではない。

亀之丞は井伊家の当主・直盛の従弟にあたり、その一人娘の許婚――つまりは、次期当主の座を約束されていた立場である。まさかに雪埜ら母子を連れては戻れないが、雪埜を諭し、おいてきたのは、たんなる方便だけではなかった。

亀之丞らは信州から遠江への国境を越えると、脱出のおりにも一時ひそんでいた渋川郷の東光寺にとどまり、寺僧らを井伊谷にやって、帰郷をまえに、かの地の動向をうかがうことにしたのだった。

亀之丞がそこに逗留したのには、もう一つ、理由があった。

十年まえ、幼い自分の生命を奪おうと付け狙っていた者が、そのあたりに住んでいる。

「右近次郎と申す、渋川在の弓の使い手のようでござります」

亀之丞の命をうけて、藤七郎がそんなことまでも突きとめていた。

たいそうな腕前だというが、じっさい、その右近次郎の射た黒塗りの矢がおのれの頭上、一寸（約三センチ）足らずのところを掠めすぎていったのを、亀之丞は覚えている。

「もしや、わしの身の丈がいま少しあったなら、この脳天に命中し、即刻、息絶えていたことであろうよ」

苦笑しつつも、彼は、いつか必ず仕返しをしてやらずばなるまいと、その機が到来するのを待ちうけていたのだ。

渋川郷に着き、東光寺にはいるなり、亀之丞は寺僧や里の者たちに申しつけて、

「さるお武家さまが、お忍びにて鹿狩りをなされようとしておる」

との風評を流させた。

鹿狩りのための弓の名手をあつめている、と郷内のあちこちに伝えさせたのである。

それに応じて、はせ参じた者のなかに、はたして右近次郎はいた。さがしだすや、亀之丞は松岡氏が付けてくれた手の者をもちいて捕縛すると、うむを言わさず首を刎(は)ねた。

色白でもち肌の、それこそは、

「横笛を吹いているのが似合いそうな……」

優男(やさおとこ)であったが、じつのところ亀之丞は、息子の虎松に通ずる激しい気性の持ち主だったのである。

渋川にはひと月ほども滞在し、三月はじめの節句のころ、亀之丞らはついに井伊谷へと帰還した。

このとき、圓はもはや齢十九に達していた。二十歳(はたち)をすぎたら、普通、嫁の貰い手などはいない。

いずれにしても、あらためて娘の気持ちを確かめようとする両親に、次郎法師を名乗った圓は、

「今さら剃髪(ていはつ)まえの元の姿に戻る気もございませんし、どなたさまがお相手であろうとも、嫁ぐつもりは毛頭(もうとう)ありませぬ」

と言って、亀之丞との「復縁」を拒み、祝言(しゅうげん)などはもってのほか、と断わった。

そうとなれば、是非もない。ほんとうは二年まえに圓が出家を望んだとき、もっと強く諫(いさ)めて、やめさせれば良かったのだが、それが出来なかった報いとも言えよう。

今の圓はといえば、嬉々(きき)として南渓瑞聞(なんけいずいもん)和尚がいとなむ龍泰寺(りょうたいじ)に身を寄せて、修行三昧(ざんまい)の日々を送っているのだ。

その和尚が「苦肉の策」として思いついたのが「次郎法師」の名で、これならば還俗(げんぞく)は可能なのだが、直盛としては、ここでも無理押しは控えたかった。

「……もともと縁がなかったと考えて、あきらめるよりほかはあるまい」

結局、直盛は亀之丞に肥後守直親(ひごのかみなおちか)と名乗らせて、一千石をあたえ、おのれの養子とした。

そうしておいて、もっとも近しい一族の奥山因幡守朝利(おくやまいなばのかみともとし)の娘・さやを直親の嫁として迎え入れ、自領の祝田(ほうだ)の屋敷に住まわせることにしたのだった。

ちなみに、このとき直盛は傅役の今村藤七郎にくわえ、数人の家臣を直親に付けてやったが、なかの一人、松下源太郎がのちに直政の養父となっている。

肥後守直親とさやの夫婦仲は、わるくなかった。が、その後六年たっても、二人のあいだに子どもは出来なかった。

それが毎日のごとく、龍泰寺に詣でて祈願したのが通じたか、ようやくにして、さやが懐妊した。そして永禄四（一五六一）年二月、つつがなく生誕したのが、幼名・虎松、すなわち井伊直政だったのである。

二

虎松が生まれる一年まえに起こった「桶狭間合戦」で、先代の井伊信濃守直盛は今川軍二万五千の先鋒に任ぜられた。

ほんらいならば、引馬城主・井伊兵部少輔直平が着任すべきところであったが、

「兵部少輔は高齢につき、信濃守が本領・井伊谷の兵のみならず、引馬の兵をも引き連れて参陣せよ」

との命が下ったのだ。

そこで直盛は、井伊氏はもとより、奥山、中野、上野氏ら一族の直臣（支族）、さらには直平の家老である飯尾豊前守連龍をはじめ、引馬の家臣の過半までをひきいて、出陣した。

ただし、万が一のことをおもんぱかり、後継となるのが決まっている直親と家老の小野但馬守らを、留守居として井伊谷にとどまらせておいた。

そして、織田方相手の合戦である。

じっさいに桶狭間の陣営にあった今川の兵は五千にすぎないが、支援態勢もととのえてあり、

「まさかに負けるはずがない」

と、だれもが思っていた。

それが、織田信長麾下のわずか二千の兵による奇襲を防ぎきれずに、手痛い敗北を喫し、総大将の今川義元ともども、近習のほとんどが討ち死に。直盛ならびに部下の多くも、生命を落としている。

井伊直盛は深手を負って、もはや戦うことかなわず、切腹して果てたのだが、そのおりに介錯を頼んだ奥山孫四郎に、遺言を託すこととなった。

「井伊の家督は、かねてよりの約定のとおり、肥後守直親につがしめよ」

それは良いが、問題は直親と家老職にある小野但馬守道好との間の確執である。

「親同士の不和がそのまま、たがいの嫡子らにも引きつがれてしまっておるでのう」

直親のほうにはとくに、父・直満が道好の父親たる和泉守道高の策謀と讒言によって殺害されたという怨嗟の情がある。おまけに、おのれまでが刺客らに付け狙われて、逃亡の暮らしをしいられ、十年ものあいだ、隣国信州の伊那郡に隠れ棲んでいたのだ。

双方が相容れることは、まずあるまい。

このまま争いあうことを憂い、また但馬守道好に井伊谷の領地を乗っ取られることを、直盛は何よりも恐れた。

「いずれ、直親はわが祖父・直平公の許しを得て、引馬の城に引き移ることになろう……そのおりに但馬守が、どう動くか。それが案じられるゆえ、井伊谷の城をしばし中野越後守あらため信濃守直由に預けることとしたい」

これが直盛の遺言の、いちばんの骨子であった。越後守の中野直由に、あえておのれの官名・信濃守を称させることにしたのも、円滑な委譲をはたさんがためにほかならない。

中野信濃守にはもちろんだが、他ではとくに、

「祖父上……兵部少輔直平公には、よしなに伝えよ」

そう告げてから、直盛はあらためて姿勢をただすと、毅然としておのれの腹に刀を突き立て、真一文字に横に引いた。

直盛は同時に、おのれの亡骸の始末に関しても、奥山孫四郎に指示を出している。

「叔父上……さよう、南渓和尚のもとへ運び、のちのこと一切を和尚にゆだねよ。和尚がすべてを良きに計ろうてくれよう」

事実として、南渓和尚は直盛の遺体を井伊家の菩提寺・龍泰寺の墓地に埋葬し、直盛の実娘たる次郎尼法師に伴誦させて経を読み、盛大な葬儀をとりおこなった。

本堂には他にも幾人かの寺僧がいたが、剃髪し、尼になったばかりの母の椿の僧衣姿が妙に初々しく、それがかえって痛々しいものにも感じられた。

名門武家の習いとはいえ、夫が世を去れば、妻も俗世を離れ、出家する。理不尽といえば理不尽だが、椿の場合、二十と数年ものあいだ、夫と連れ添い、惣領家の直盛は順当に当主となった。

さらに、である。直盛は生真面目な性格で、側室の一人ももとうとはしなかった。

……母上は吾一人しか子をなさず、ついに跡取りとなる男児を産めなかったのですが、それな

りに幸せだったのではないでしょうか。ふとまた、次郎尼法師は眼に見えぬ御仏に向かい、話しかける。

父上が討ち死にして、寡婦となり、剃髪出家すると決まったとき、南渓和尚はごく素直に、母の俗名を一字入れて、祐椿尼と名付けました。

次郎法師、と男僧のごとき名をあたえられた身としては、何やら恨めしいような思いもするのですが、そのぶん、妙に気が張って、政事だの軍事だのにも考えが及びます。

幼少のころより振りかえって、どちらかと申せば、おのれが男勝りだったせいでもありましょう。が、たとえば死をまえにした父上が残した遺言です。

亀之丞、いえ、肥後守直親どのと小野但馬守道好の間の対立葛藤に関しては、城内のだれ一人、知らぬ者はありません。

それだけに、いつ何時、衝突するか。あるいは、但馬守の亡父・和泉守が策したように、何らかの謀事をもちいて、直親どのを失脚させる……それどころか、抹殺せんと計りはすまいか。

父の案じていたことが、手に取るようによくわかる。わかりすぎてしまうのです。

だからこそ、次郎法師なぞという、有り難くもない名を頂戴してしまったのでしょうか。

そういえば、葬儀のおりに南渓和尚が亡き父のためにつけた戒名が、「龍潭寺殿天運道鑑大居士」というもので、これにちなんで、以後、龍泰寺は寺名を龍潭寺と改めることとなりました。——

桶狭間合戦の直前あたりが、今川家の全盛期であった。それゆえの義元の慢心と油断が、

「織田勢への予期せぬ敗北につながった」

とも言えようが、その義元のあとをついだ今川（治部大輔）上総介氏真がこれまた、何とも不評だった。

小心者とか、臆病者よばわりされるだけなら、まだしもである。暗愚と言って、はばからぬ手合いすらもあった。今川家当主の座についてからも、日ごとの酒宴、それに連歌、音曲、舞、蹴鞠……遊興三昧で、

「弔い合戦はいたさぬのか」

と、周囲の皆が嘲弄した。

いずれ、力量不足とみられ、それまで提携もしくは臣従していた者たちまでが、つぎつぎと離反しはじめた。

なかでも目立ったのが、松平元康であろう。

正式に改名するのは「桶狭間」から三年をへた永禄六（一五六三）年だが、このころすでに、人質として今川家に寄寓していたときに義元からたまわった「元」の一字を返上。家康と名乗って、独り立ちしていた。

爾来、今川の庇護のもとにあった群小の国人衆を手なずけ、みるみる勢力を伸ばしていく。

それを氏真は「三河（三州）錯乱」とよんで怒ったが、井伊氏ら遠江の国人衆にも相似た動きが

あり、こちらは「遠州忩劇」とよばれた。

忩劇とは、慌ただしく繁忙なことで、それも不吉なことを指す場合が多い。

おりしも井伊家の新当主となった肥後守直親は、同家の縁戚でもある今川氏真の側近・新野左馬助親矩を介して、駿府の氏真のもとをおとずれ、御殿にて拝謁した。

そこで、養父・直盛が切腹まえに残した遺言の話をもちだしたのだ。

「すでに老齢に達しました祖父上、兵部少輔直平公を隠居のかたちで井伊谷の城館へとお移しし、祖父上の居城たる引馬の城の守りを、それがしにお任せいただきとうござります」

「まさか肥後守、そなた、引馬の城にはいって、他家と手をむすび、駿府のわれらを攻めるのではあるまいな」

「そんな……滅相もない」

他家とは暗に、家康や信長のことを言っているのだろうと察しはしたが、それ以上そのことには触れずに、直親はただ黙って平伏した。

「ま、考えておこう」

と、最後に氏真は呟いたが、おのれの近習の一人、三浦右衛門が東海道すじに位置する引馬の至便さ、戦略上の重要さを理由に、引馬城を強く所望。そういうこともあって、結局、氏真は直親の願いを聞き入れようとはせず、新野左馬助を通して断わってきた。

氏真がいみじくも指摘したとおり、じっさいに直親は他家――松平家の家康の力を見こんで、彼に近づきつつあった。

家康の正室の瀬名こと築山殿は、祖父・直平の娘すなわち伯母の子であり、自分にとっては従姉にあたる。そういう気安さもあって、ときおり直親は三河の岡崎城へと足を運び、築山殿ばかりか、家康自身ともさまざまなことを語りあった。

築山殿が同座していることもあって、たいていは他愛もない世間話に終始したが、彼女がたまたま席を外したおりなど、政事や軍事に関することも話題に出したりする。

桶狭間の翌年には、家康はもう織田信長と和睦していたが、こんなことも洩らした。

「信長どのは深いお方じゃ。心の底で何を考えておられるのか、本音が読めぬ……そこが怖い」

もっと怖いのは、甲斐の武田信玄で、

「まずは遠江に狙いを定めてくるであろうの」

「それではやはり、われら井伊の者たちも、いっそう心してかからねばなりませぬな」

「いずれ、力のある者たちの奪りあいじゃ。井伊家当主のおぬしに向かって、こんなことを申すのも何ではあるが、草刈り場となってしまうのではないかな」

じつのところ遠江侵出に関しては、信玄や信長にも増して、家康のほうが危ないとも言えるのだが、今川上総介氏真は論外とされた。二人のあいだでは、すでにして、

「そこまでの器ではない」

と見なされていたのである。

三

だが、そうして直親と家康が見くびっていた氏真が、予期せぬ暴挙に出た。というより、根が臆病者の氏真の疑心をあおり、暗鬼をさそいだした男がいたのだ。

ほかでもない、井伊家家老の小野但馬守道好である。

はたして先代の井伊家当主・直盛の危惧していたことが、現実となろうとしていた。

直盛の遺言により、一族の中野信濃守直由が、肥後守直親の後見人のかたちで井伊谷城の城代となった。そこまでは良かった。が、兵部少輔直平は隠居と移転に同意したものの、主家たる今川氏真の承諾が得られず、直親はいまだ引馬の城にはいることが出来ないでいる。

直親とさやの夫婦、一粒種の赤子である虎松たちは祝田の屋敷にとどまったままなのだ。

小野但馬守の一家も、同じ井伊谷の小野屋敷に住していた。当然のことに、直親の日々の動きは如実に見てとれる。

その直親が、三河の家康のもとに頻繁に出入りしている。さらには家康側からの申し入れを受けて、近臣らを伴い、井伊谷近辺での鹿狩りの案内役をつとめる、などといったこともしていた。

「これは、放ってはおけぬな」

小野氏は言ってみれば、

「今川が井伊氏の動向を見張らせるために……」

家老として送りこんだ一族。あくまでも今川家を後ろ盾として成っている。今川あってこその小野家なのだ。

そういう今川家の頭領・氏真を、ほんらい幕下(ばっか)にあるはずの井伊直親がないがしろにし、同じく幕下ながら離反した松平家康に急接近しようとしている……そうでなくとも、但馬守と直親とでは、肌があわない。

父親を殺された恨み。その相手の遺恨を、但馬守はこのさい、逆手(さかて)に取ってやろうと思った。

それは父の和泉守道高にも、ついに叶わなかったこと。井伊家の乗っ取りである。

「今こそ、井伊谷を奪う絶好の機会ではないか」

そうと踏んだ小野但馬守は、先手必勝とばかりに、駿府へといそぎ馬を駆ることとなった。

そのころ、ちまたでは、

「近在の国人衆を傘下(さんか)において、日の出の勢いの松平家康が、織田信長と組んで今川義元のあとをついだ氏真を攻撃する」

といった噂が、しきりに流されていた。

それが気になっていた氏真のもとへ、小野但馬守道好がはせ参じて、

「家康方に井伊直親が加担する」

との報告をもたらしたのだ。氏真はうろたえて顔色をなくし、唇を大きくわななかせた。

「……家康の命により、肥後守は鹿狩りに名をかりて、着々と武器や兵をあつめておりまする」

「なに、それはまことか」

「はい。近いうちに、遠江は家康のものとなってしまうのは必定かと……」

但馬守は「一味同心」なる言葉をくりかえし、少なくとも目下、直親のしていることは今川家と氏真に対する背反行為だ、と訴えた。

まさしく父親の小野和泉守道高が、直親の父の直満らにした仕打ちと酷似していた。

かててくわえて、このたびは引馬の城のこともあった。

「さては、あやつめ、あのおりのことを恨んで……」

おもわず氏真は口辺に上らせたが、彼はまた、直親の引馬入城をみとめずにいて良かった、とも思った。

「もしや引馬のごとき要衝となる城に肥後守がはいり、そのうえで家康や信長なぞと組まれたら、大事じゃて」

「ここは、お早いうちに……」

「ふむ。こちらからさきに討ってでるか」

「家康らと組まれるまえに、肥後守を血祭りに上げるのが得策でござりましょう」

「よし。さっそくに軍勢を繰りだそう」

氏真はいったん但馬守を帰したのち、相応の数の兵を揃えようとした。

だが、それを近臣の新野左馬之助親矩に押しとどめられてしまった。左馬之助は氏真に、すぐさま兵馬の用意をやめるように、と進言して、

「肥後守どののこと、何かの間違いやもしれませぬぞ」

「いや、井伊家家老の小野但馬守が申したのじゃ。まず十中八九、間違いではあるまい」

「したが、直親どのと道好どのの二人、すこぶる仲がわるいと聞いておりまする……一方だけの申しようを信ぜぬほうがよろしかろう、と」

「では、いかようにすれば良いのじゃ」

左馬之助は少し呆れたような顔をして、言った。

「直親どの当人をおよびになって、お屋形さま御みずからが真偽のほどをご吟味なされませ。成敗されるのは、それからでも遅くはござりますまい」

「……なるほどのう」

渋面のままに、氏真は顎をひき寄せた。

今川の使者からの召喚状をうけて、即日、直親は二十名ほどの側近衆を伴い、井伊谷をあとにした。

書状にも記されていたが、たしかに彼は三河の岡崎城に出入りしている。家康の鹿狩りの供もした。が、それだけのことだ。鹿狩りにかこつけて、兵をあつめたなどいう事実はない。ただ氏真と比べて、家康は数段、格が上としか思われない。おのれが幕下として付いていけるのは、あの方以外にはあるまい……。

ましてや、小野但馬守と今川上総介氏真に対しては、まぎれもなく宿意があった。但馬守と相容れないのは昔からのものだし、その背後に今川の影があるのは疑いない。

あまつさえ、ここへ来て、祖父・直平との交換で引馬の城にはいりたいとの要請を、氏真によって断わられている。

直親としては、面白いはずもない。だが、まだこの時点では、おのれの去就を明らかにしたわけではなかった。家康はともかく、その最大の同盟者たる信長の考えや動きが直親には見えてきていないのだから、当然ではあろう。

それだけに、氏真に対する弁明には自信があった。

「鹿狩りなんぞ、ただの武家のたしなみ……遊びではないか」

「さきの治部大輔さまとご同様、何かにつけて京びいきの氏真さまは、舞だの蹴鞠だのがお好きなのですよ」

「それでは、兵はあつめられん。鹿狩りもまた、戦さとはまるで別物じゃがのう」

馬のくつわをならべた部下と二人、そんな与太話をしながら、直親は東海道を駿府へと向かう。

途中、井伊谷から東南方に九里（約三十六キロ）ほど、駿府までのちょうど中間に位置するあたりに懸川（掛川）城がある。今川の直臣・朝比奈備中守泰能の居城で、こゝも東海道すじだけに、通りは往還する旅人などでつねに賑わっている。

それが、この日は人っ子一人、姿が見えない。

「おかしいぞ」

「このあたり、いつも露天の商人なぞが店をつらねて、たいへんな人混みのはずだがな」

兵たちが言うさきから、数町向こうの曲がり角に隠れていた一隊が立ち現われた。朝比奈備中守がみずからひきいる城兵で、井伊の兵の二倍、いや、三倍はいる。

「おのれっ、待ち伏せとは卑怯なり」

「さては、かの脆弱な氏真から騙し討ちせよ、と命ぜられたか」

そうにちがいなかった。愚鈍で気の小さい氏真は、自分に刃向かう者を理詰めで論破する度量などはない。

ただ迎え撃つ。それも、おのれの手は汚さず、家来すじに任せるだけだった。

とにかく敵が近づいたら、攻めよ。防戦してきたら、かまわぬから、叩きつぶせ。どんな策をもちいても良いから、

「壊滅せよ」

と命じておいたのである。

突然のことで、あっという間に取り囲まれてしまい、直親らとしては駿府のほうへ進むことも、井伊谷へと逃げもどることも出来ない。

「仕方があるまい。斬って、斬って、斬りまくるのだ」

そうやって死地を脱するしか、もう他に手がなかった。

直親の一行は、刀槍を振るい、果敢にも立ち向かうが、いかんせん、場所が場所だけに、城からの援兵は途切れることがない。

多勢に無勢で、奮戦むなしく、討ち取られてしまうのである。

四

その晩、井伊谷の祝田屋敷にほど近い都田川の畔では、横死した直親の遺体が荼毘に付された。棺を燃やす炎が夜空を焦がし、そばで読経する南渓和尚、そして次郎尼法師の顔をも赤々と染めている。だが、そこに直親の妻女のさやと遺児の虎松の姿はなかった。

数刻まえ、祝田の屋敷で、虎松はひとり遊んでいた。

そのときすでに父・直親の訃報は伝えられ、屋敷内は重苦しい雰囲気につつまれたが、虎松はわずかに二歳、あまりに幼く、まだ物ごころさえもついてはいない。

生母のさやも、乳母や他の女中、下僕らも、直親や彼に随行した家来たちの骸がほどなく到着するとあって、それを迎える準備に追われ、慌ただしくしている。

子ども部屋で無心に遊ぶ虎松のことは、しばし彼らの頭から失せていた。

そこへ足音も立てず、夕闇にまぎれるようにして、ひっそりと忍びこんだ男がいた。黒装束に身を固め、墨黒の頭巾をかぶっている。室内に立ち入ったかと思うと、すばやく腰の刀を抜いて、虎松の背後に迫った。

「……覚悟」

短くつぶやいて、男が、振りあげた刀の切っ先を虎松の首根に突き立てようとした刹那、

「ひゅるる……」

中空を切り裂く音がして、一本の小柄が飛んできた。小柄は男の手首に刺さり、

「痛っ」

たまらずに、男は手にした刀を取り落とした。間をおかず、男の側へ走りこんだ影がある。

一撃のもとに斬って捨てたのは、新野左馬之助そのひとであった。

左馬之助は行灯に火をつけてから、男の頭巾を剝ぎ取って、じっと顔を見すえる。

「……やはり、そうか」

氏真の小姓の鵬丸であることを確かめると、あらためて虎松のほうに眼を向けた。

「さぞや怖かったでありましょう」

泣きだすかと思いきや、呻き声一つ立てるでもない。恐怖の表情もみせずに、ただ円らな眼を

大きく見ひらいて、左馬之助の顔を睨みかえしている。

「さすがですな。さすがは井伊惣領家の行く末を担おう、といわれておる若君でござりまするぞ」

笑って、頭を撫でると、そのまま左馬之助は軽々と虎松のからだを抱きあげた。

「いますぐ、お母上をおよびしますゆえ、ともにわが屋敷へ参りましょうぞ……この井伊谷では、いちばん安全なところでござりますから」

「あい、わかった」

幼い声で応えて、虎松は小さな顎をひき寄せた。


翌朝、新野左馬之助は今川上総介氏真のいる駿府の城へと馬を走らせた。

到着するなり、氏真のもとへと参上し、挨拶もそこそこに、怒気をおびた声を発した。

「お屋形さま、無体と申せば、あまりにも無体なやり方でござりまするぞ」

「何が、じゃ？」

惚けてみせたが、うろたえ慌てた顔つきが、事実を承知していることを示していた。

「朝比奈備中守に命じて、井伊肥後守どののご一行が備中の城、懸川に差しかかったところを、急襲させたのでござりましょう」

「…………」

「そのうえ、刺客を放って、肥後どのの遺児の虎松ぎみをも亡き者にしようとなされた……」

「知らぬ。朝比奈備中守には、もしや肥後守の挙動に疑義あり、小野但馬守の申すとおり、まことに余に背くかと見えたならば、ただちに斬れ、とは言うておいたが」

そのような過程を踏んだ形跡はない、と左馬之助は思ったが、あえて反論はしなかった。

「じゃが、余は肥後の倅の身柄をどうしろ、とまでは……」

「仰せではない、と？」

「さよう。朝比奈方が勝手に動いたか……あるいは、小野但馬の計ったことであろう」

「まぁ、そのようなことにしておいたほうが、のちのちのためにも、よろしゅうござりましょうが」

ために、虎松の生命を奪おうとした氏真の小姓の鵬丸を、その場で斬り殺した、と左馬之助は告げた。

「そちが……口を封じたのか」

「はい。鵬丸の骸は、それがしがひそかに葬りましたので、ほかには知る者とて、ござりませぬ」

と、左馬之助は不敵に笑ってみせた。

「ですが、お屋形さま。今後、二度とあのような者を差し向けたりはせぬ、とこの左馬に約束して下さりませ」

新野左馬之助は、虎松を生母のさやと一緒に、おのれの屋敷――井伊谷の城館三の丸の南方にある新野屋敷内に住まわせ、匿うことにしたのである。

「ふむ。そうしよう」

氏真は半ばまだ不服げな表情ながらも、うなずきかえした。

新野家はもともと土地の古い名家であり、井伊家の親族であると同時に、今川の係累でもあって、氏真としても、迂闊には手を出せない。

左馬之助がある程度、高飛車に出ることが出来たのも、そのためであったが、小心者の氏真のことである、いつ心変わりして、将来の虎松の「仇討ち」を恐れ、斬れと言いだすか、わからない。

そこで左馬之助は、数日後、自邸よりさらに安全と思われる引馬の浄土寺へと母子の身柄を移すことにした。


虎松に対して、今川上総介氏真が刺客を送らずにいたのは、新野左馬之助の説得のせいのみではなかったのかもしれない。

じつは氏真は、それどころではなかったのである。今川氏の勢力が衰え、

「すでにして、落日ともいうべき状態におちいっている」

ということが、何よりも大きかったのだ。

それかあらぬか、翌永禄六(一五六三)年九月、氏真はようやくにして重い腰をあげた。氏真は桶狭間の戦いで敗れた織田勢に対し、亡父・義元の「弔い合戦」を仕掛けようとしたのである。

このとき井伊一族のなかで、出陣を仰せつけられたのが、齢七十五に達した井伊兵部少輔直平

――圓こと次郎尼法師の曾祖父であった。

直平の実子のうち、嫡男の直宗は戦死し、直満、直義は小野和泉守と今川治部大輔義元によって謀殺されていて、末の直元は病死。残るは二男ながら、庶子ゆえに龍潭寺の住持となった南渓瑞聞(ずいもん)和尚のみである。

後継を託された嫡孫(ちゃくそん)の直盛は桶狭間で討ち死にし、その養子となった、これも直平の孫の直親は、朝比奈備中守泰能の奇襲をうけて横死した。

もはや直接に直平の血を引く男子は南渓と幼児の虎松しかおらず、南渓は僧籍にあって、戦さには出られない。

「老耄(ろうもう)の身ではあるが、今の井伊家で何とか、ご用を果たし得るのは、このわし一人であろう」

直平は南渓和尚をおのれの居城の引馬城によびだし、そう告げて、後事をすべて彼に託した。

「わしの身にもしものことがあれば、あとはそなたと次郎法師が合力し、虎松を盛り立てて井伊家を守りとおしてくれ」

かくして井伊直平は引馬の兵に、目下城代の中野信濃守のもとにある井伊谷の兵を加えて、出陣することとなった。

今川軍の総勢は、一万八千。一丸となって三河国吉田(現・愛知県豊橋市)をめざして進んだが、殿(しんがり)、すなわち最後尾をまかされたのが、井伊直平である。

出立時には、何事もなかった。が、途中、浜名湖の西岸を南下して東海道の宿場町、白須賀(しらすか)

(現・静岡県湖西市)に野営したときのことだった。

「おのおの方、起きよっ。火事じゃ、大火事じゃっ」

夜半すぎに叫ぶ者があり、皆が目を覚まして、見れば、あたりは紅蓮の炎につつまれている。いずこかは定かではないが、直平の陣中から出火。おりしも遠州灘から強い南風が吹き、あちこちに飛び火して、白須賀の町家にまでも燃え移った。

これを隊列の中心にあった氏真の主従は、

「もしやして、兵部少輔が寝返ったのではないか」

と勘ぐった。思いあたることは数々あるが、なかでも大きいのは、直平の愛孫、前当主の肥後守直親を生害せしめたことだろう。その事実を恨んでのことにちがいない……。

そうした憶測にもとづいて、今川の陣営では、軍議がひらかれたが、

「前方に織田の軍勢が待ちかまえ、後方では井伊兵部が叛旗をひるがえしたとなれば、挟み撃ちにされてしまう」

との意見が大勢をしめ、氏真はいったん兵を引き、東海道の裏道たる姫街道を通って、懸川城へと逃れた。

けだし。井伊直親を闇に葬った朝比奈備中守泰能の居城にたどり着き、そこで、

「井伊兵部少輔直平を召しだし、真相を糾明すべし」

ということになったのである。

このとき将兵の一部に、さきの出火は、

「直平の家老・飯尾備前守のしわざではないか」

との噂も立ったが、うやむやのままに済まされてしまった。

五

井伊兵部少輔直平は、懸川城にいる今川上総介氏真のもとへ新野左馬之助を使いに出した。

その左馬之助が引馬の城に戻ってきたとき、次郎尼法師は南渓和尚の供をして同城をおとずれ、奥の広間で直平を相手に雑談をかわしていた。井伊城城代の中野信濃守直由や、直平の家老の飯尾豊前守も一緒である。

「……して、どうであった？」

さっそくに直平が問うと、左馬之助は畳に座したままに寄っていき、一礼ののち、言った。

「それがしが参りましたおりにまさしく、お屋形さまは朝比奈備中守や他の側近衆をあつめられ、直平さまが寝返るつもりで故意に火を出したのか否(いな)か、吟味(ぎんみ)評定(ひょうじょう)中でござりました」

新野左馬助がよばれなかったのは、彼が井伊家の縁戚でもあるからだろう。にも拘わらず彼は、自分のほうから押しかけていった格好になる。

「それがしが姿をみせましたので、お屋形さまをはじめ、一同、驚いた様子でしたが、ちょうどよろしい、とそれがしは申しあげました。白須賀の火事は不慮のもの……神掛けて断言できまする、と」

たんなる失火である、と説いたのだ。結果、一応、それはみとめられることとなった。

「おぬしの必死さが伝わったのであろうよ」

「はい、まぁ……しかしお屋形さまが申されるには、過失の罪は軽からずとのよし」

「それはお屋形どの、前後双方の敵より挟撃されるかと恐れをなし、全軍を引き連れ、尻尾を巻いて逃げだされたのであるからな」

と、南渓和尚が皮肉めいた口調で言う。兄弟や甥までも、つぎつぎと殺められたのだから、当然だろう……そう思い、隣で次郎法師はあいまいに首を揺すった。

そんな二人を見つめかえして、左馬之助はふたたび直平のほうを向き、

「責を取って社山城を攻めるべし、と仰せなのでござりまする」

「わしに天野左衛門尉を討て、とな」

社山城主の天野左衛門尉景春はしばらくまえ、今川氏に叛旗をひるがえし、武田方にくみしている。

「左衛門尉……」

と、飯尾豊前守がおもわず呟いたとき、その妻女の田鶴が奥女中とともに、たまたま茶菓を盆にのせて、部屋にはいってきた。

「失礼いたします」

と、田鶴はまず当主の直平の側に寄り、手ずから番茶のはいった湯呑みをおこうとして、つい手もとを狂わせ、わずかながら畳に茶をこぼしてしまった。

わきから女中が、すぐに手巾（しゅきん）を差しだす。受け取って、汚した部分を拭きながら、

「と、とんだ粗相（そそう）を……」

「なに」

と、直平は苦笑を浮かべて、手を横に振った。

「天野の家はたしか、お田鶴どの、そこもとの縁続き……無理もなかろうて」

見れば、田鶴はなおも手を震わせ、両の頬をひきつらせている。顔のかたちが変わるほどに痙攣（けいれん）しているのだ。夫の主（あるじ）が、おのれの縁者を攻める。そうとなれば、夫も行動をともにせねばなるまい。

なるほど、辛い立場だ、とは次郎尼法師・圓も思った。だが彼女は、田鶴の動揺ぶりには、それだけではない、ほかにも何かがあるような気がしてならなかった。

その夕、南渓和尚と次郎法師、それに中野信濃守直由の三人は井伊谷にもどった。中野信濃守は今夜と翌日一日かけて、再度出陣の支度をし、明後日の朝にはまた、戦さ場（いくさば）に向かわねばならない。

信濃守は城代兼留守居役の立場だから、ほんらいなら彼が城に残るべきなのだが、三河吉田攻めのときも今回も、何故か氏真じきじきの指令により、家老の小野但馬守道好が井伊谷の城館を守ることになったのだ。

もう一人、同じ井伊の一族の新野左馬之助親矩にも、やはり出陣命令が出ていて、おのれの屋敷に立ちもどり、あらためて新野の兵を召集しなければならなかった。

そして出立の当日、引馬の城で、井伊兵部少輔直平はみずから兵馬の点検をしたのち、広間に戻って、

「喉が渇いた……」

告げると、家老の飯尾豊前守のほうを向いた。

「御意」

低頭しつつ、豊前守が手を叩く。すぐに妻女の田鶴が現われて、

「お茶でございますね……お二つ？」

「わしのぶんは良い。所望しておられるのは、殿お一人じゃ。だいぶ汗をかいておられる……ぬるめの茶がよろしかろう」

うなずいて、田鶴は笑顔で引っこんでいき、女中に持たせると思いきや、今日も手ずから盆を運んできた。

このときはしかし、手など震わせることもなく、笑顔のまま茶托に湯呑みをのせ、直平のまえ

に差しだした。

　直平は湯呑みを取って、まずは一飲み、

「ふむ。美味（うま）い」

　呟くと、残りはいっきに飲んだ。湯温が、ほどよい加減であったのだ。

　ややあって、直平はみずから先鋒隊をひきい、引馬の城を出た。社山をめざし、四半刻（しはんとき）（三十分）ほども進み、遠江の西の外れ、有玉旗屋（ありたまはたや）村まで達したとき、ふいに全身に痺（しび）れが来た。痺れ、すくんで、微動だに出来ない。ついには人形のごとくに硬直して、落馬した。

「殿、いかがなされましたっ」

　と、間近にいた供の者が馬を下り、駆け寄ったときには、口から泡を吹いて息絶えていた。

　明らかに、服毒死の症状であった。

　このころには新野左馬之助や中野信濃守らの諸隊も直平隊と合流していて。

「さては引馬の家老の豊前守のしわざか」

「毒を盛られたにちがいない」

　口惜しがったが、もはや遅い。物言わぬ骸となった直平に背を向けて、引馬の城へと引きかえしはじめた。

　すると案の定、殿（しんがり）をつとめるはずだった飯尾豊前守連龍（つらたつ）は、一歩も城の外に出る気配がない。ばかりか、城の大手門の警護を固めて、籠城（ろうじょう）の構えをみせていた。

「やつめ、親族の社山城主・天野左衛門尉景春と通じておったのか」

「背後には、破竹の勢いの武田がおるしのう」

直平毒殺の命を出したのは、こんども今川上総介氏真だが、その後に飯尾豊前守が武田方に寝返ったのだとの噂も飛んだ。が、本当のところは、わからない。

ただ家老職にあった豊前守が引馬城を乗っ取り、主すじたる氏真の説得にも応じずにいることだけは確かであった。

「一人でも多くの兵をあつめよ」

「引馬城奪還の兵を増援せよ」

「逆賊・豊前を討てっ」

本拠の駿府に立ち帰った氏真は、狂ったように檄を飛ばしつづけた。


そのまま飯尾豊前守連龍は籠城のかたちで引馬の城に居坐ってしまい、今川勢は城兵に対する攻撃の手をゆるめようとはしなかった。

しかし豊前守はしぶとく、そう簡単には落とせそうにない。一つには社山城の天野左衛門尉、さらに背後でそれを支える武田勢がいるからだが、信長や家康も見て見ぬ振りをすることで、戦況を今川方に不利な方向へとみちびいた。

今川勢は総出である。他の遠江の国人衆と同様、井伊一族の者たちをも余さず戦さ場に送りこんだ。

井伊兵部少輔直平を最後に、宗家すじの将はほぼ絶えたが、奥山や新野、中野、上野といった支族の者たちは残っていたからだ。

翌永禄七年になっても、引馬城をめぐる戦さはつづき、今川勢はなおも敗北を重ねた。

そしてこの攻防戦のさなかに、虎松や生母のさやを庇護していた新野左馬助親矩と、井伊家古参(こさん)の重臣・中野信濃守直由が、ともに討ち死にすることとなった。

桶狭間合戦での最期(さいご)のときに残した井伊家の元当主・直盛の遺言を、中野信濃守は実直に守り、井伊谷城の城代をつとめてきたのだが、彼もまた、この世の者ではなくなってしまったのだ。

「引馬城東の天間橋で、苛烈(かれつ)な戦闘がございまして、新野左馬之助さまは敵方の鉄砲に撃たれ、中野信濃守さまは斬り死になされました」

報告に戻った兵の言葉を聞きながら、次郎尼法師・圓は怒りや悲しみよりも、このさき、どうしたらよいものか……ひたすら途方に暮れていた。

正統な井伊の血を引く男子はすでに、直親の遺児たる虎松よりほかに、何人(なんぴと)もいない。その虎松はまだ、やっと四歳になったばかり……彼を養護し、庇護し得る支族の有力者たちも、皆無(かいむ)となったと言って良い。

井伊一族存亡(そんぼう)の危機、であった。

直平が亡くなったときから懸案とされてきた次郎法師の還俗の必要性がいっそう強まり、決断を迫られるようになった。直平の子としてはまだ一人、次郎法師には大叔父にあたる南渓和尚がいることはいる。が、彼はおのれが庶子であることを理由に、これまで一貫して井伊宗家の後継となることを辞してきたし、

「何がどうあっても、古くよりつづく井伊家の菩提寺……龍潭寺だけは、守り通さねばならぬ。それが出来るのは、わし一人。な、そうであろう」

そんなふうに言われてしまえば、仏門では一介の弟子にすぎぬ次郎法師には、とても抗えない。

その日も、龍潭寺の本堂で長らく堂々巡りの問答をかわしたのち、南渓和尚は庫裡へと戻っていった。

「少々、考えさせて下さいまし」

そう告げて、一人残った次郎尼法師・圓は、いつものように御仏——本尊の虚空蔵菩薩と対座するほかなかった。

……もとはといえば、あのとき、何かがある、と察しながらも、飯尾豊前守やその妻女・田鶴の魂胆を見抜けなかったのが、いけないのです。何とも情けないし、口惜しいとも思われるのですが、いくら嘆いたところで、毒殺された曾祖父・直平さまが生きかえるではなし。もはや、覚悟を決めなければなりますまい。

いずれ虎松が一人前の男子になるまでは、やはり、吾がこの寺を出て、井伊谷の城館の主とな

らねばならぬのでしょう。

南渓和尚の眼力とでも申しましょうか、行く末を見通す力には、まこと頭が下がります。尼の名ではなく、男僧名をつければ、還俗が可能……まさしく、そのとおりになりました。

次郎なる法師であってみれば、現し世に立ちかえり、井伊家の跡をつげる。そして地頭すなわち領主となって、井伊谷を統べることが出来るのです。それだけの器量裁量が吾にあるものか否か、自信はまるでありません。が、とにもかくにも、虎松だけは守ってみせます。

生母のさやどのともども、引馬の浄土寺からわが城館に虎松を引き取って、小野但馬守道好の毒牙にかからぬよう、四六時中、信頼できる者に見張らせるつもりです。但馬守ごときに指一本、触れさせるものではありません。

そうして虎松が独り、立てるようになった暁には、すべてをゆずり、ふたたび仏の道ひとすじに邁進いたします。それまで、どうか、よしなにご加護下さり、お導き下さりませ。――

第三章　女領主

一

永禄八（一五六五）年の春。――

次郎尼法師は、井伊谷とその近辺に居住する井伊一族に支族、直臣から足軽にいたるまで、すべての家臣を井伊谷城の広間にあつめ、当主就任の挨拶をおこなった。

当然のことに、いまなお家老職にある小野但馬守道好も、新当主と向きあう群臣たちの最前列に座している。

南渓瑞聞和尚の姿もそちらにあったが、次郎法師の座した上段の間には、齢五つになった虎松と生母のさやも、ならんで腰をおろしている。

すでにして次郎法師は僧衣をやめ、尼頭巾も脱いでいた。髷は結わず、総髪にしたが、武人用の小袖に袴をはき、若衆姿の男装でいる。

今は刀掛けにおさめてあるけれど、立って、歩くときには腰に大小も差していた。

「皆の者、よろしいか」

ほぼ全員が会（かい）したところで、次郎法師は毅然（きぜん）とした表情で一同を見わたした。

「これより吾（われ）は、井伊信濃守直虎（なおとら）と名乗る」

「直……虎さまでござりまするか」

さきの戦（いく）さで討ち死にした城代・中野信濃守直由（なおよし）の身内の者が問いかえす。

「さよう、先々代の亡父・直盛も信濃守、さきの城代も亡父にゆるされて信濃守を称した……吾も、これに倣（なら）いたい」

「さ、さようなことが……」

うろたえ気味に口をはさもうとする小野但馬守のほうを、きっと睨（にら）んで、

「井伊信濃守次郎直虎じゃ。何か異議でもあると申すか」

「いえ、それは……」

「ならば、良い」

すぐにまた一同に眼をやり、

「皆もそれでよろしいな」

群臣一同、ふかぶかと平伏（へいふく）する。

井伊家歴代の当主やその一族の男たち。曾祖父（そうそふ）・直平、祖父・直宗、父・直盛……かつての許婚（いいなずけ）

だった亀之丞も、直親を名乗った。その「直」の一文字に「虎」を重ねて、直虎。

亡父の幼名と同じ虎松なる名を、曾祖父の直平は直親の子にもあたえた。そのうちの一字を自分の諱とし、もって虎松を改めて養い育て、井伊宗家の跡つぎとしようというわけだが、まぎれもない「男名」である。

次郎法師のままでもかまいはせぬが、ここはいちばん、男子になりきらねばならぬ。じつのところ、虎という生き物は見たことがない。が、唐か天竺渡りのものであろうか、画に描かれた虎は眼にしているし、その様子を留学僧などから聞いた覚えもある。

勇猛にして厳かな気配を漂わす獣で、地鳴りのごとき咆吼を発するそうだが、それに似た鳴き声がいま、次郎法師・圓の耳奥に響きわたる。

そうじゃ、虎じゃ。

御仏よ、これよりのち、吾は虎になりまする。

いかにも強げな名とすることで、もはや吾は女人ではない、とおのれに言いきかせる——そんな思いも確かにないではなかった。

「皆も知ってのとおり、そこな虎松を吾は養子とした」

ちらと虎松のほうを見やってから、ふたたび次郎直虎は言葉を発した。

「虎松が全き政事をなすことが出来る、その日が参るまで、この直虎がここ井伊谷の地頭となり、この城館の主となる」

よろしいな、といま一度、きっぱりと告げると、直虎は小姓が差しだした井伊家伝来の宝刀を手に取り、立ちあがった。


当時の「地頭」とは、年貢の徴収をおもな役割とし、治安やもめ事の裁定などを取り仕切る。そうして領内のすべての民を統べる領主のことを指し、国人・国衆とほぼ一致する。

その地頭となるに当たって、次郎尼法師は直虎と称し、私的なところではそれで通したが、公けの場ではほとんど使ってはいない。

たとえば、その同じ永禄八年の秋――九月十五日付で発給した、大叔父にして仏道の師たる南渓和尚あての寄進状（龍潭寺安堵状）の署名は、「次郎法師」になっている。

その書状は、こんなふうにはじまる。

「一　当寺領田畠、並びに、山境の事。南は下馬鳥居古通、西はかぶらぐり田垣河端、北は笠淵冨田庵浦垣・坂口屋敷の垣、東は隠龍三郎左衛門（尉）源三畠を限り、前々の如く境たる可きの事」

それから、各塔頭とその持ち山、田畠、蔵屋敷、寮舎の安堵などの条項をつらねたのち、最後をこう締めくくる。

「右条々、信濃守（亡父・井伊直盛）菩提所として建立の上は、棟別諸役の沙汰有る可からず、並びに、天下一同の徳政、並びに、私徳政、一切許容有る可からず候。この旨を守り、永く子孫繁栄の懇祈を専らにせらる可きものなり。後孫（子孫代々＝将来）に於いて、別条有る可からざるなり。よって件の如し。

永禄八乙丑年

九月十五日　　次郎法師

進上

南渓和尚

侍者御中」

徳政とは、もともとは天災などのときに貧民救済や神仏への祈禱を盛んにするなど、天皇の「徳」を示すための社会政策を意味した。

それがしだいに本百姓に対する無償での土地の返却や、債権・債務の破棄を求める政令（徳政令）のことを指すようになった。金銭や土地などを貸したり売ったりする商人にとっては、身代が傾きかねないほどの厳しい措置である。

この時代は、そうした貸借や売買を寺社が商人のかわりにやっていたこともあり、龍潭寺もその一つであった。それで、

「国によるすべての民への徳政（天下一同の徳政）も、個々の領主による徳政（私徳政）も、一切許容してはならない」

と記して、龍潭寺保護の姿勢を示し、住持の南渓和尚を文字どおり安堵せしめたのである。

そしてこの「次郎法師」の署名のあとに、公けのものであることを証す黒印(こくいん)が捺(お)されているのだ。

他に出した安堵状のなかには「井次」すなわち井伊次郎の署名も見られるが、現存するもので唯一「直虎」の名が書かれているのは、領内祝田(ほうだ)の蜂前(はちさき)なる神社にあてた、これまた徳政令に関する書状である。

そこには「次郎直虎」との署名があり、さらには贋字(がんじ)をふせぐために図案化された花押(かおう)も添えられている。


そんなふうにして政務をおこないながら、直虎は養子の虎松を生母ともども引馬の浄土寺から井伊谷の城館内に引き取り、城中の書院にて読み書きや算勘(さんかん)などを教えはじめた。

ときには南渓和尚をまねいて、法話をしてもらい、漢籍や経文類を素読(そどく)させたりもした。

もちろん武の道も、おろそかには出来ない。

城の中庭などで、直虎みずからが稽古(けいこ)をつけてやる。虎松には布袋をかぶせた木刀を持たせ、直虎は切っ先に布を巻いた薙刀(なぎなた)を手にして相手をするのだ。

根が利(き)かん気で、男勝りだったせいもある。一人娘の次郎直虎こと圓に、父の直盛は乗馬はもとより、薙刀、刀、槍、鉄砲と何でも教えた。

だが出家してからは得物(えもの)などはついぞ持たぬし、もはや娘のころのような体力もない。

いかに五つの童(わらし)とはいえ、虎松は敏捷(びんしょう)ですばしこいし、必死で向かってくるから、それなりの力も出る。

「ほう、虎松。そなたは筋が良いな。いま少し大きゅうなって、いっそう稽古にはげんだら、吾なぞ難なく負かせるようになろうぞ」

本音であったし、繁忙な直虎の代理で虎松の相手をする家来衆なども、口々に虎松の武芸の才を褒めそやした。

「さすがは亀之丞の子でございます」

僧衣や尼頭巾をやめ、胴着に小袖、袴姿になった今も、日ごとに直虎は仏壇に向かう。

「同じように賢いし、勇気もありまする。おそらく刀槍の腕はさらに上まわることとなりましょう」

早晩、武に関しては、自分ごときの出る幕はなくなってしまう——武の道の指南役としての限界を、すでにして直虎は感じはじめていた。

「いずれ新野左馬之助どののように、忠実で心強い傅役をさがしてやらねばなりませぬ」

その新野家や中野家、奥山家、松下家など井伊家の支族・親類衆は今なお城の内外に住まわっているが、血すじの遠い祝田や都田の衆らのなかには家老（年寄）の小野但馬守道好に取り入っている者もある。

そういう者たちの眼を欺きながら、直虎は虎松を、だれもが主としてみとめ、あがめられるような偉丈夫に育てようとしているのだ。

幾人か、内命のかたちで親類衆の屈強の者たちに守らせてはいる。が、左馬之助のように身を挺してまでして虎松に仕えようという者はいない。

養母の直虎にその母の祐椿尼、そして生母のさや、と基本的に女性ばかりの世帯である。

「たぶん但馬守はそうと知って、わたくしどもを甘く見ておるのでしょう」

ある日、さきの寄進状に対する礼の挨拶を口実に、城館の様子を見にきた南渓和尚に、直虎は言った。

「今のところ、虎松の身柄を差しだせだの何だのといった無体なことを、申してきてはおりませぬ」

しかし、いつ何時、何をきっかけに申し入れてくるか、わからない。そんなおりもおり、困るのは、物ごころついた虎松の心中に、ごく素朴な疑問がわいてきていることだ。

「近ごろでは知恵がさきに立つのか、あまり口にしなくなりましたが、この城に来たばかりのころには、何故おのれには母者が二人おるのか、父上は何者に殺められたのか、と問うてばかりおりました」

「ふむ。それもまぁ、当たり前のことであろうな」

と応えつつも、南渓和尚はあいまいに首を揺すった。

「したが、今は但馬守を油断させておかねばならぬ……虎松に、あまり強い憎しみや恨みなぞ、あおるではないぞ」

「うっかりすると父親、亀之丞直親の二の舞となりまするものな」

「今はわれらも耐えようし、虎松にも耐えさせよう……瞋恚の情は、何とか抑えておくべきじゃ」

そのようにしながら、虎松には、少しずつ真相をわからせていってやれば良い。そうと告げて、南渓和尚は小さく嘆息をもらした。

二

「今川のお屋形さまが、いよいよ本格的に徳政令を出される模様です」

そう注進してきたのは、直虎が間諜として今川の拠点・駿府の城に送りこんでおいた井伊の親類衆の一人であった。

その者はまえまえから、今川上総介氏真にそうした動きがあると伝え、

「もとはと申せば、小野但馬守道好の進言によるもののようでござりまする」

と報告してきていた。

ために直虎としては、先手を打つ格好で、前年中に龍潭寺への寄進状を発給しておいたのだ。

それが年が明けた永禄九（一五六六）年の春になって、氏真は正式に徳政令の励行を布告してきた。だが、ひとり龍潭寺に限らず、直虎は氏真の方針にさからい、領内の何人に対しても、徳政令を出そうとはしなかった。

理由がないわけではない。

これまでの度重なる戦さによって、井伊一族の人的被害もおびただしい数に上ったが、経済的にも大きな損失をこうむった。その苦況を多額の献金を寄せて、扶けてくれたのが、銭主＝商人なのである。

とくに女人にして領主という微妙な立場にある直虎には、彼らこそが自分を支える「影の勢力」と言ってもよい。

その商人たちを徳政令は直撃する。わけても新興の商人にとっては、手痛い打撃となった。

本百姓はしかし、「水呑み」とさげすまれる小作農から搾れるだけ搾り取りながら、おのれの借財は棒引きにしてもらおうとする。

「甘い、虫がよすぎる……それだけは避けねばならぬ」

しかも、であった。本百姓たちは直接の領主である井伊直虎を飛び越えて、氏真に直訴しようとするのだ。

ゆるしがたいことであり、直虎の気に入るはずもないが、あまつさえ、そこには小野但馬守の思惑と術策がかかわっている……彼女にはそう直感的に察せられたし、じじつ、そこかしこから、そのような報告が寄せられてもいた。

今まさに、但馬守や今川上総介氏真との武器を使わぬ、静かなる戦いがはじまろうとしていたのである。

小野但馬守やその直臣たちが、露骨に直虎の政事をあげつらっているとの報がもたらされた。

「お屋形さまの決められたご法度を、いっこうにお守りになる気配がない」

「それどころか、徳政令を握りつぶし、おのれの息のかかった銭主どもの便宜をはからい、改めて恩を売ろうとしているようだ」

そんなふうに非難しているようだが、じつは「非難」のもととなっている徳政令じたい、但馬守が仕掛けたもの。それは、もはや明白な事実であった。

氏真の近習の関口越中守氏経から直虎のもとへ届いた書状によると、そもそも今回の徳政令は、領内でも但馬守寄りの祝田や都田の百姓衆からの訴えによるものらしい。

訴えた先が祝田の蜂前神社で、この社の禰宜は昔から但馬守と親しい。

そして蜂前神社もまた、井伊家の菩提寺の龍潭寺と同様に、氏子たちの冠婚葬祭を仕切り、金銭や土地の貸借、売買にも手を染めている。

いわば、禰宜と商人を兼任しているのだ。

そのうえ古くより、さまざまな特権をあたえられている。それだけに、禰宜側にとっては、井伊宗家に保護されている新興の商人が脅威となっていた。

だから見方を変えれば、みずからの氏子を中心とした本百姓をあおるかたちで、禰宜のほうが、

「徳政令発布の訴え」

を起こさせたのだ。

要するに、そうやって旧来の商人でもある蜂前神社の禰宜が、新たに興った商人——銭主たちの排除・排斥をもくろんだ結果が、このたびの徳政令なのである。

その後押しをしているのが小野但馬守で、但馬守は蜂前の禰宜から金銭的な支援もうけているし、彼にはさらに、もう一つの別の狙いがある。

「徳政令の不実行」

これを理由に、またぞろ主家・今川家への謀反の疑惑をもちだし、直虎の失脚と、城ならびに領地の乗っ取りをくわだてようとしているのだ。

「吾や母上、そして虎松とさやどのを井伊谷の城館から追いだして、そこへ、おのれとおのれの一族がはいりこむつもりでいるのでしょう」

いつものように仏壇に向かって、ひとりごちながら、直虎は、いずれ牙を剝きだして襲いかかってきそうな但馬守の、妙にてらてらとして白く艶のある丸顔を思い浮かべていた。

それから数日とへぬうちに、当の小野但馬守道好が直虎のもとを訪ねてきた。

それと聞いて、直虎はすぐには追いかえそうとはせず、つねづね家臣や客らと対面する城内の広間へと但馬守を通した。過日、関係者一同をあつめ、自分が直盛・直親の跡目をついで井伊谷の地頭職につくことを宣言した部屋である。

供の者たちは玄関間にでもおいてきたとみえ、但馬守は単身で広間に現われた。立ったまま、一段高い上座にいる直虎のほうを見て、

「おや、今日は虎松ぎみは、ご一緒ではないのですね」

いかにも軽い口調で言う。

「虎松はいまだ当主にあらず……別段、そこもとに会う必要もあるまい」

「お言葉ですな」

と、但馬守は頭をかいて、

「一目なりとお会いして、ご機嫌はいかがか、ご挨拶いたしたかっただけでござりまする」

「要らぬ世話じゃ」

「せめて、ご息災(そくさい)か否(いな)かだけでも……」

「くどいぞ、但馬っ」

相手の挑発と知りつつも、つい声を荒げてしまう。みずから制するかのように、

「……虎松は奥の書院で、一人無心に遊んでおる」

直虎は声音を落とした。

「あえて邪魔をすることもなかろう」

ふっと但馬守の顔に、翳(かげ)りのある笑みが浮かんだ。

「殿の御腹をお痛め申して、お生まれになったわけでもござりませぬのに、ご執心(しゅうしん)なことで……」

「………」

余計なことを申す。嫌味なやつじゃ、ほんに虫が好かぬ。婿(むこ)になんぞせんで良かった……無言で睨みかえして、直虎は思った。

「おお、怖(こわ)っ」

と、肩をそびやかして、ようやっと着座すると、型どおりに平伏する。頭を上げたときには、いつもに増して真顔になっていた。

「したが、さような怖いお顔は、この但馬に見せるのみにしておきなされ」

「何じゃと?」

「駿府のお屋形さまに対しても、それでは……あまりにも非礼」

「……徳政令がことか」

「なんじゃ、わかっておるのでござりますな。そうとあらば、それこそ無用なお諫(いさ)めはいたしますまい」

諫めに来たとは片腹(かたはら)いたい、と思ったが、直虎は黙っていた。

「ともあれ、蜂前のお社をはじめ、諸方からも続々、訴えが参っております。一刻も早(はよ)うに、領民どもへ布告なされますように」

それだけ言うと、但馬守は腰をあげた。そのまま一礼もなく、踵(きびす)を返し、広間を出て行く。後ろ姿に、嘲弄(ちょうろう)と挑戦の気配が充ち満ちていた。

三

徳政令をめぐっての「静かなる戦い」では、表向き、井伊次郎直虎は今川上総介氏真と小野但馬守道好に敗北した。

完敗した、とさえ言えるかもしれない。

氏真は直臣の関口越中守氏経や、小野但馬守を通して、再三にわたり徳政令の施行をうながした。まかり間違えれば、兵をも動かしかねぬほどで、その強引な催促（さいそく）ぶりは、直虎にとって、たいへんな圧力となった。

そうして永禄十一（一五六八）年の秋、次郎直虎は、ついに領内のすべての民に向けて、徳政令を発布せざるを得なくなってしまった。

皮肉と言えば皮肉なことに、このおりに祝田郷の蜂前神社の禰宜にあてて送った、関口越中守との連名の書状にこそ、唯一「次郎直虎」の文字と花押が現存しているのである。

「祝田郷徳政の事、去る刁年御判形（ちょうねんごはんけい）をもって仰せつけられ候といえども、銭主方難渋（なんじゅう）せしめ、今においてもすなわち落着無し……」

このあとの文面は、本百姓方の訴訟を受け容れ、銭主方の訴訟は「不可許容」となり、「よって件の如し」

で終わる。

日付は「永禄辰」の「十一月九日」、氏経と直虎の連署があって、宛名は「祝田郷　禰宜　其外百姓共」となっている。

これが公布されてしまえば、もはや直虎が今川方に屈し、抵抗できぬ立場に追いこまれていることは、だれの目にもあきらかになる。

「氏真は、そこもとの地頭職を罷免し、居住する城館からの退去を命じてくるやもしれんのう」

二人だけの密談の場で、南渓和尚は唸るようにして口にしたが、それこそが氏真の、というより小野但馬守の真の狙いであることは、和尚にも直虎にも察しがついていた。

氏真は直虎を罷免追放したのち、井伊谷を今川の直轄領とし、代官として小野但馬守を任命するのではなかろうか。——


はたして二人が案じていたとおりに、事は進んだ。

それはしかし、氏真と但馬守が恣意的におこなったかたちにはなっていない。当時の今川氏のおかれた状況、とりわけて隣接する武田勢の動向にからんでいた。

武田信玄は嫡子・義信の室であった今川義元の娘を駿府の氏真のもとへ送りかえし、今川寄りの義信を自害せしめて、両軍の同盟を破棄した。

そのうえで、駿河と遠江の攻略にかかろうとしたのだ。

慌てた氏真は麾下の全軍に守備の態勢をとるように命じ、井伊直虎にも出兵を求めてきた。
だが薙刀ばかりか、刀剣も弓矢をつがえることも出来るとはいえ、ひっきょう直虎は女子の身。井伊谷の兵たちを束ねて、戦さ場に向かうことには無理がある。

少なくとも但馬守道好は、そこまで読んでいたにちがいない。強豪・武田の脅威を利用しようとしたのである。武田勢の攻撃にそなえるという理由で、井伊家親類衆を説得し、多くの将兵をひきいて、駿府へと向かった。

そして氏真をかこんでの軍議の席で、滔々と申し立てたのである。

「身内の恥を明かすようでござりまするが、かくのごとき危急のとき、女人当主では遠江一国はおろか、ひとり井伊の郷村ですらも守りきれませぬ」

にも拘わらず、さきの徳政令の件で最後まで氏真の命に応じなかったように、次郎直虎は強情一徹。みずから地頭・領主の座を退こうとはしない。

「……ここはお屋形さま、ならびに今川のご一統さまのお力添えにより、かの女人より地頭の職を召し上げていただくよりほかはござりますまい」

「ふむ。次郎直虎どのは、前当主・肥後守どのの遺児たる虎松ぎみとやらを養子とし、その男子が長ずるのを待っておるそうでござるが……」

関口越中守が口をはさみ、上座の氏真が、

「肥後守……直親の子か」

苦々しい顔をして呟く。

「はい。男子であれば、旧来の家来ども一心となってこれを擁し、いつ立ち上がらぬとも限りませぬな」

と、越中守が言えば、他の近臣も相づちを打って、

「肥後守直親は三河の家康と相通じ、そうであればこそ、お屋形さまが朝比奈備中守泰能に命じて、討たせたのでござりましょう」

「そう。その家康が、ひそかに信玄入道と手をむすんでいるとも聞きまするぞ」

「さようか……となれば、あの小僧、このままずっと放っておくわけには参らぬな」

氏真のその言葉を待ちかねたように、但馬守道好は、井伊宗家の男子を根絶やしにすべきだ、と訴える。

「放っておけば、かならずや家康方にくみし、お屋形さまに仇をなすに相違ありませぬ」

「相わかった」

小鼻をひくつかせて、氏真がうなずいた。

かくて、八歳になった虎松に対する「暗殺指令」が下されたのである。

この指令をもって、但馬守はごく身近な家来とともに、いったん井伊谷へと戻ることになった。

が、それよりもさきに、直虎が従軍した兵のなかに紛れこませておいた間諜が早馬を駆って井伊

谷の城館へと至り、

「虎松ぎみのお生命が危のうござりまする」

駿府での軍議の場で、氏真みずからが下した裁断を伝えた。

恐れていたことが起こったのだ。

ただちに直虎は龍潭寺の南渓和尚を城の書院によびだし、対策をねった。

「いかにわずかとは申せ、われらの親類衆の将も兵も、いまは駿府におる……女子ども、それにわしのごとき僧侶のみでは虎松ぎみの身柄、守りきれまい」

家臣などが同席するときは別だが、二人きりになると、南渓和尚は、次郎直虎の大叔父にして旧師の口調になる。

「考えてみれば、左馬之助どのがその身をもって虎松ぎみを庇護し、ふせいでくれたればこそ、お屋形もしばし手を引いていてくれよったのじゃな」

「やはり、早うに頼りがいのある傅役を見つけて、つねに、そばにおいておくべきでしたでしょうか」

但馬守の眼を気にして、それを急がずにいたことを直虎は悔いたが、今さら仕方がない。ともかくにも、現況では男手が不足し、自分たちはまさに孤立無援の状態にあるのだ。

「幸いにして但馬守は、いまだ帰城の途次にあるようだ」

ふたたび南渓和尚が声を発した。

「やつが到着するまえに、虎松らを逃すことよのう」

「いずこがよろしゅうございましょう」

「それよ。まずは当寺の塔頭のいずれか……松岳院が良いかもしれぬ」

「なるほど。あそこなら、容易には人目につきませぬな」

剃髪してまもなく、いっとき直虎自身が起居していた二間しかない小庵である。

「しばらくは生母どのともども、かの庵に匿い、隙を見て、引馬へと向かわせる……」

「引馬の浄土寺ですね」

左馬之助の配慮、算段によって、この城館に移ってくるまえに虎松たちが隠れていた寺院である。

「さよう。が、それもいずれは但馬守らの知れるところとなろう」

そうなれば、より遠い三河あたりに虎松らの「隠れ家」をさがそう、と話が決まった。

「松岳院へは、わしと供の僧がお連れする」

書院に和尚を残して、そのまま直虎は、さやと虎松の母子のもとへ行き、

「これから龍潭寺へ逃れてもらいます。すぐさま出立の支度をするように……」

申しわたした。

四

その日、次郎直虎は母の祐椿尼と小さな囲炉裏をはさんで、向かいあっていた。龍潭寺山門前の塔頭の一つ、松岳院。二間つづきの書院の一室である。

すでにして直虎は侍姿の男装をやめ、祐椿尼と同様に墨染めの僧衣をまとい、尼頭巾をかぶっている。

「虎松とさやどのを早めに他所へ移して、ようございましたなぁ」

番茶をすすりながら、直虎が言うと、祐椿尼は近ごろめっきり艶の失せた顎をひき寄せて、

「ええ。いつまでもこの小庵にとどめておいたら、きっと但馬守の放った者の手にかかってしまうところでした」

「それにしても、まさかに吾と母上が二人きりで、ここに住まうことになろうとは……少しまえまでは、思いも寄りませせなんだ」

さきの氏真の令状に書かれていたのは、虎松に対する「暗殺指令」ばかりではなかった。

案の定、と言えば言えるが、井伊直虎の地頭職を免じ、新たに小野但馬守道好を同職に任命する。井伊郷は今川の直轄となるが、城代として但馬守を入城させるということも併記されていたのだ。

直虎はふたたび次郎法師を名乗るよう命ぜられ、僧形に戻るように、とも仰せつけられた。それまで居していた井伊谷の城館を但馬守に引きわたし、以前の尼僧の暮らしに返れ、というのである。

つまるところ、城と領地を剝奪され、その身は追放されたというわけだが、龍潭寺の寺域に寄寓することはゆるされた。

「むしろ、ここ松岳院に寄寓せよとのご下命が、お屋形さまよりあったとか……女人ばかりの世帯ではあるし、自身の目の届くところにおいておきたかったのでありましょうよ」

「まこと。しじゅう見張りがついておるし、体のよい幽閉のようじゃ」

祐椿尼は指の先で湯呑みの縁を拭うようにしながら、小さく溜息をつく。

そのまま祐椿尼は次の間へと立っていき、次郎尼法師は床の間に飾ってある小さな木彫りの観音像と向きあう。数珠を取って、短く経を読むと、じっと見つめた。

……母上の仰せのとおり、吾と母は、この庵に閉じこめられておるのでございます。耳にしたところでは、但馬守は今川のお屋形さまやその重臣たちと話しあい、二人の尼ごときには自分たちに楯突く力はないし、なにがしか事が起きた場合には、その所在が明らかなほうが好都合、と考えたとか。

いずこかへ消えた虎松をおびき寄せるための「餌」に使うか、と言いだす者もあったそうですが、武田方との戦さが間近に迫る危急のときにそれは成らぬ、と関口越中守がとめたそうです。今はいかにしても、多くの兵を掻きあつめたいところ。そうでなくとも井伊の親類衆は、宗家の城を乗っ取られたと言って、騒いでいる。とても兵を徴募できる状態ではない。これよりさらに、親類衆を怒らせてはなるまい……そんなふうに話しあわれ、結果、戦さのほうを優先させて、虎松をさがすことじたいを後廻しにしたようです。

けれども、吾や南渓和尚からすれば、引馬の浄土寺でもなお、虎松らの逃亡先としては安全ではありません。そうと見て、かねてよりの計らいどおり、より遠い、しかも家康公の勢力が強く、今川の手の者が容易に近づけない三河国の鳳来寺へと遣ることになりました。

生母さやどのの実兄、虎松の伯父に当たる奥山六左衛門どのが供として付いていってくれます。さきの新野左馬之助どのには及ばぬでしょうが、相応に頼りにはなるでしょう。

それにしても、いつまで虎松はそんなふうにして逃げ惑っていなければならないのでしょうか。不憫に思われてなりません。

どうか、御仏のご加護によって、一日も早うに、虎松らがこの井伊谷の地へ戻ることが出来ますように。――

じつのところ、井伊郷の剝奪には成功したものの、今川上総介氏真はもちろん、小野但馬守道好も、次郎尼法師直虎に対し、それ以上の圧力はかけられなかったし、虎松の行方捜しは断念せざるを得なかった。

直虎が井伊家の当主となって、虎松の身を引き取り、井伊谷の城館の奥に住まわせた。それから二、三年のあいだに、天下の形勢は大きく変化していたのだ。

いちばんに大きいのは、家康の台頭であろう。

今川家から離れるに際して、松平元康は家康と名を改めたが、井伊谷をはじめ遠江全体が徳政令問題で揺れていた永禄九（一五六六）年、松平姓を徳川と変え、きちんと京の朝廷に奏上するかたちで三河守（みかわのかみ）の官名を収得。軍事的には、尾張の織田信長との同盟をいっそう強化させている。

そうして三河一国をほぼ統一し、遠江さらには駿河にまでも触手を伸ばそうとしていた。

ただし駿河には、迂闊（うかつ）には手を出せなかった。

「今川怖し」

ということではない。甲斐の武田が狙っていたからである。

いま武田を相手に戦って、みずからの勢力を削（そ）ぐのは得策ではない。家康は秘密裏（り）に信玄と手をむすんだ。たがいの侵攻の妨げはせぬことを約して、おのれの版図（はんと）をひろげることに専念しようとしたのだ。

信玄としてはもっけの幸い、百戦錬磨（れんま）の騎馬軍団をひきいて、甲府を発ち、いっきに駿府の攻略に向かった。

それが永禄十一年十二月六日のことで、今川の後ろ盾を得て小野但馬守が井伊谷城をわがものとしてから、一月とたってはいない。

城代に任ぜられ、次郎直虎らと入れ替わりに入城したとき、但馬守は城館の広間に直臣のほか、懇意にしている祝田や都田衆の一部をあつめ、三日三晩、祝宴を張った。

三年まえに直虎が「地頭就任宣言」をした上段の間に坐り、但馬守は亡父・小野和泉守道高のことを思いだし、

「父上の宿願、それがしがようやっと成しとげましたぞ。やっとのことで、ここに座すことが出来ました」

感涙にむせんだというが、そのときの酔いもさめぬ間に、彼は駿河の戦さ場へとよびもどされたのだ。


駿河国の興津宿と由比宿のあいだに、山が大きく海にせりだした地形がある。古くより、

「東海道でも一、二を競う難所」

といわれたところだが、そこに人工的につくられたのが薩埵峠である。

「駿河湾の彼方に霊峰富士を眺める絶景」

としても知られるその峠の東側一帯で、十二月十二日、武田軍と北条の援軍をふくめた今川の軍勢は激突した。

今川方も必死で、中腹の清見寺を本陣として、よく防戦につとめはしたが、武田の精鋭に対し

ては敵ではなく、ぐいぐいと押しこめられた。わが身の危険を感じた氏真は、

「退却じゃ。退却せよっ」

麾下の兵に下知（げち）し、みずから率先して清見寺から逃亡。駿府の今川館にたどり着いたが、翌日には、薩埵峠を突破した武田勢が駿府へと突入した。

当初、氏真は山城に籠城して戦うつもりでいたが、そこはすでに武田の先鋒・馬場信春（のぶはる）に占拠されていた。

「とても無理じゃ。皆の者、良いか、ここはひとたび駿府を捨て、朝比奈方に逃れよ」

かくて駿府はただの一日にして陥落し、今川氏真は、ほうほうの体で重臣・朝比奈泰朝（やすとも）の居城たる懸（掛）川城へと落ちのびたのである。

しかり。その朝比奈泰朝こそは、次郎尼法師直虎のかつての許婚、虎松の実父である井伊直親を不意討ちして葬った朝比奈備中守泰能の跡つぎ。このときの懸川城主で、井伊一族の宿敵にほかならなかった。

五

同じころ、徳川と姓も改め、二十七歳と働き盛りの家康は、武田信玄に駿河はまかせる格好で、遠江一国の攻略にかかった。

まず家康が狙いをさだめたのが、引馬城である。

遠江の中心ともいえるこの城に長年、住していたのが次郎尼法師の曾祖父・井伊兵部少輔直平であったが、その直平を毒殺した元家老の飯尾豊前守連龍と室のお田鶴の方が、今も居坐りつづけている。

「もとは、わが今川の持ち城で、しばし兵部少輔に貸していただけじゃ」

そう断言してやまぬ氏真が永禄七（一五六四）年、奪還をはかって大軍を差し向けたが、敗北。その戦さで、虎松の傅役だった新野左馬之助も、井伊谷城の城代を委託されていた中野信濃守も、ともに討ち死にしてしまっている。

その四年後、武田勢に駿府を落とされる直前、氏真は「守りのかなめ」として、何とか引馬を奪いかえそうと計った。仲介役を立て、

「豊前守の嫡男の辰之助どのに、わが愛娘を嫁がせよう」

という条件までもちだした。

飯尾豊前守としては、わるい話ではない。

「いま少し詳しく聞いて、この縁談、推し進めよう」

と、少数の家来と辰之助を連れて駿府に向かった。が、待っていたのは氏真の命をうけた兇徒たちで、御殿にはいるや否や、彼らに取り巻かれ、飯尾父子・家来もろともに殺害されることとなった。

引馬の城には妻女のお田鶴の方と二男の辰三郎、それに飯尾家家老の江馬常陸守泰顕と江馬加賀守時成の兄弟が残された。

この江馬兄弟、仲良く家老の職を分けあったは良いが、目下の状況下で自分らが取るべき道に関しては、大きく意見を異にしていた。

ひと言でいえば、兄の常陸守は武田方に、弟の加賀守は徳川方につくべきだ、と主張したのである。

もう一極のお田鶴の方母子らは、どちらにもくみせず、

「独り立つ道をゆこう」

というのだから、ややこしい。

そのころ井伊の支族で、いっとき虎松の父・直親の付け人をしていた頭陀寺城主・松下源太郎清景の実弟に、常慶安綱という者がいた。この常慶は早くから徳川氏の家来となり、家康の特命をうけて、敵情視察のために諸方を巡り歩いていた。

あるとき、江馬加賀守からの申し出があり、常慶は引馬の城下でひそかに彼と会うことになった。

加賀守は臆さず、常慶におのれの心中のすべてを明かした。

「兄の常陸守は以前より、甲斐の信玄公を慕っており、武田方にお味方すべきだと申すが、それがしの思いはちがう」

「わが徳川方に味方しよう、と？」

「もとより、それはそうなのでござるが……」

今や武田勢は、駿府の攻略に全力をつくしている。

「好機ではござらぬか」

今川上総介氏真は、いわば武田という大波に対する防波堤として引馬城をとらえ、これを掌中にするために城主の飯尾豊前守と嫡男の辰之助を亡き者にした。

その氏真が城引き取りの兵を差し向けるまえに、

「それがしが手引きをして、家康公の兵を無事、わが引馬の城に迎え入れるようにいたしましょう」

それが可能なように、城兵の多くを手なずけておく、と言うのである。


徳川方としては、願ってもないことであった。

松下常慶安綱から、この報告がもたらされるや、家康は驚喜して、会心の笑みを浮かべ、

「われら、いよいよ遠江への侵攻を開始するぞ」

と宣言した。

そしてまもなく、家康は二千の兵をあつめ、遠江への本道たる本坂越へと向かうが、井伊谷と同じ引佐郡は気賀郷（現・静岡県浜松市）の土豪が先導した一揆勢に、道をはばまれてしまう。

そのあたりには、ほかにも今川の息のかかった国人衆の城が多く、いつ何時、一隊に襲いかかってくるか知れなかった。

「本坂越はやめじゃ。者ども、引きかえせっ」

家康はいったん兵を三河国豊川（現・愛知県豊川市）に戻し、滔々と水をたたえる豊川を渡って、下宇利(しもうり)を抜ける。最後に狩宿峠(かりやど)（のちの陣座峠(じんざ)）を越えて、遠江の奥山にはいった。

そこからは、連絡をうけて待機していた松下常慶を案内役に山道を抜け、井伊谷へと達する。

井伊谷には井伊次郎直虎が小野但馬守道好に乗っ取られた城館があったが、そちらはひとまず措(お)いて、家康は引馬の城攻めをいそいだ。

全軍、引馬に至ると、城下の普済寺(ふさいじ)に本陣をしき、城を包囲する。

このとき城内では、とんでもない出来事が起こっていた。

兄弟家老のうちの一人、弟の江馬加賀守は、ひとたびは武田勢に味方するという兄の常陸守の意見に従うかに見せていた。ところが、それを裏切って、徳川の兵を手引きしようとしている。

「さても、憎き弟ばら、わしが成敗してくれるっ」

立腹した常陸守は即座に加賀守を討ち、その加賀守の忠臣たる小野田小次郎(こじろう)なる者がこれまた、ほとんど間をおかずに常陸守を斬殺して、主の仇を打ったのである。

ちなみに、このときの功のおかげで、のちに小次郎は家康により、虎松こと井伊直政の側近の一人にくわえられている。

さて、家老の兄弟二人が亡くなっても、なお引馬城では降参の様子をみせずにいる。

そこで家康は、松下常慶らを軍使として城へとつかわし、

「おとなしゅうに城を明けわたさば、これまでどおり、扶持米も家人衆も、本領をも安堵する」

との令を伝えさせた。

しかし、今川氏真に夫の飯尾豊前守ばかりか、嫡男・辰之助までも謀殺されたお田鶴の方は、首を縦に振らない。

「夫の豊前どのが生きておられたならば、どうお答えになったであろうかのう」

などと殊勝げに言うが、さきの主君たる井伊兵部少輔直平に毒入りの茶を飲ませたほどのくせ者だけあって、いかにも気丈そうな顔つきでいる。じっさい、

「亭主を尻に敷いている」

と噂され、豊前守の生前から「女城主」といわれていたのだ。

「徳川さまだの、家康公だのと申して、そのほうは崇めたてまつっておるが、もとはといえば、治部大輔（義元）さまのもとへ人質に出され、隅のほうで小さくなっていた竹千代なる童ではないか」

この言いようには、聞いていた常慶のほうが呆れかえってしまった。

「……ここはわれら、二男の辰三郎を擁して戦い、城を枕に討ち死にするのみ」

「さすれば、もはや詮方なし」

三百人ほどの城兵で二千の徳川勢を相手に戦うというのである。

お田鶴の方に言われたままを、常慶は家康に報告。逆鱗に触れたせいもあろうか、たちまちのうちに熾烈な戦闘が開始された。

ともに東海道すじにある者同士、新式の武器が比較的自由に入手できる。激しい鉄砲の撃ち合いとなり、城兵も二百名が戦死したが、徳川軍にもそれを超える三百名の犠牲者が出た。

いずれ兵の数からして、戦さの趨勢は見えている。

徳川軍は二の丸、三の丸へと敵方を追いつめ、逃げ場を失って、お田鶴の方は辰三郎をうながして城の中庭に出た。

そうして田鶴と辰三郎の母子に加え、侍女らまでが抵抗して徳川勢と戦ったが、かなうはずもなく、全員、討ち死にして果てた。

六

……松下常慶安綱どのら親類衆の力添えもあり、とうとう家康公の手によって、わが曾祖父・井伊直平さまの仇を討つことが出来ました。それは祝着、たいそう嬉しいのですが、なお一つ、気にかかることがございます。

龍潭寺の塔頭、松岳院で引馬城の攻防戦の模様を聞き、さっそく御仏に向かって事のしだいを報告しながら、次郎尼法師直虎は思いだしていた。

……あれは確か、吾が南渓和尚の供をして引馬の城を訪ね、広間で直平さまや家老の飯尾豊前守どの、井伊谷城城代の中野信濃守どのらと雑談をかわしていたおりのことです。

懸川城にいらした今川のお屋形さまのもとへ使いに行った新野左馬之助どのが戻ってきて、さきの戦さでの失火の責を取り、武田方の社山城を攻めよ、との命が直平さまに下ったと報告した矢先でした。

豊前守どのの妻女の田鶴どのが、奥女中とともに茶菓を持って部屋にはいってきたのですが、手もとを狂わせて、直平さまのまえで茶をこぼしてしまいました。田鶴どのはすぐに畳の汚れを拭きましたし、直平さまも笑顔でゆるされました。

それでも、あのときの田鶴どのの取り乱しようは尋常ではありませんでした。いつまでも激しく手を震わせ、顔つきが変わるほどに頰をひきつらせていた様子が今も忘れられません。

城主がおのれの縁者の社山城を攻めるということだけではない、ほかにも何か理由があるような気がしたのでしたが、それがわからぬままに……直平さまは出陣の当日、同じように田鶴どのの用意した番茶を飲んで、毒殺されたのです。

あれが最初の一歩だったのでしょうか。あそこから田鶴どのは、お田鶴の方は、引馬の城を乗っ取り、城主の室——実質的には「女城主」となる第一歩を踏みだしたのです。

あのお田鶴の方の執念は、いったい何なのでしょう。ただの欲なのか、意地なのか。吾もまた「女領主」「女地頭」とよばれ、男子(おのこ)どもには負けまい、と必死に踏ん張ってきただけに、複雑な思いを禁ずることが出来ません。

さらに驚かされたのは、引馬城の攻防戦も最後というときのことです。お田鶴の方に従う者、侍女に奥女中と、女子(おなご)ばかり十八名。それぞれに打ち掛けを脱ぎ、たすき掛けにして薙刀を手に粉骨(ふんこつ)して戦ったとのこと。それもまた、不思議でなりません。

みずから諸手(もろて)をあげて降参さえすれば、家康公は敵に寛容、とくに女子どもに対しては、寛大にお取りなし下さる方と聞いています。にも拘わらず、何がお田鶴の方を、あそこまで頑(かたく)なにさせたのか。何故に多くの女人たちが、その田鶴どのとともに死にゆく道をえらんだのか。もしやしたら、これは永遠(とこしえ)の謎でもありましょうか。――

どんなかたちにしろ、直平を殺めた者とその一族は滅んだ。

しかし井伊肥後守直親を死地に追いやった小野但馬守道好は、なおも生きている。

薩埵峠での武田勢との合戦で、但馬守は今川方の一翼を担ったが、敗走し、何とか井伊谷の城館へ逃げ帰った。

ただし、引馬城を落とした家康のつぎの標的は当然、井伊谷城となる。

但馬守の危機感はつのり、彼の耳裏には、徳川勢の馬蹄の響きが日ごとに大きくなってきていた。

いかに足掻(あが)こうとも、まさしく風前のともしび以外の何ものでもない。その但馬守が側近衆に向かい、

「家康は引馬城攻めの何倍もの大軍をもって、ここ井伊谷へ攻めてくるという……どのみち勝利はおぼつかないが、わしには城を追われ、生命(いのち)を奪(と)られるまえに為すべきことがある」

そんなふうに言っているという。

噂を聞いた南渓和尚が、次郎尼法師直虎と祐椿尼を龍潭寺の庫裏によびだし、三河の鳳来寺に密使をつかわして、虎松の生母のさやをも同寺にまねき入れた。

一同が顔をそろえると、南渓和尚はおのれの耳にはいった噂話をしてきかせ、

「要は、但馬守のやつめ、家康公の襲撃を知って、かえって虎松ぎみを亡き者にしようとの執念を掻き立てられておるというわけじゃ」

「それは、何とか策をこうじなければなりませぬなぁ」

次郎直虎が相づちを打ち、隣の祐椿尼と顔を見あわせた。

「何とかせねばならぬ」

うなずいて、南渓和尚はさやのほうを見た。

「さやどの。余計なことは申さぬ。ここは虎松ぎみを守ることの出来る有力な御仁(ごじん)を見つけ、さやどのに嫁(か)していただくのがいちばんじゃ」

「和尚さまは、わたくしにいま一度、嫁げと？」

夫の直親に死なれたのち、さやは他でもない南渓和尚のもとをおとずれて、自分も次郎法師や祐椿尼のように出家したい、と申しでているのだ。それをそのときも、虎松さみのそばにいてやれるのは生母のそこもとしかいない、と言って、南渓和尚は、さやの剃髪出家を思いとどまらせたのである。

「そのうえさらに、今になって、どなたかに再嫁せよ、とは……」

さやはほとんど涙声になっている。

「それもしかし、さやどの。わが井伊家の行く末を託さんという若君の御ため」

和尚の言葉のあとをついで、次郎直虎も言う。

「ここは一つ、堪えて下さりませ。吾や母上、それに和尚さまが考えているお相手は、そなたさまが知らぬ方ではないのですから」

「………？」

「松下源太郎清景どのですよ」

「松下……源太郎どの」

松下源太郎は元の直親の付き人の一人で、直親亡きあとも事あるごとに、さやと虎松の身辺警護に当たってきている。その源太郎清景が今や、引馬の支城ともいうべき頭陀寺城の城主となっているのだ。

「幸いにして、さやどのはまだ二十代の半ばにも達してはおらず、お若くて、お美しい……先方は喜んでおいでなのですよ」

祐椿尼もそう言って、賛意を示した。

「源太郎どのには、もう話してあるのですか」

「ご快諾をいただいており申す」

こちらで話がまとまったのに「否」では困るゆえ、と南渓和尚。すでにして笑顔になっている。つられたように、さやも微苦笑をしてみせて、

「……そこまで進んでおるならば、万やむを得ませぬでしょう」

「くりかえしまするが、さやどの、すべては虎松ぎみの御ためにござる」

こうして話が決まり、さきの打診のとおり、松下源太郎清景の側でも喜んで、さやと虎松を頭陀寺の城に迎え入れようと約してくれた。

そうなれば当然のごとく、虎松は松下家の養子となり、松下姓を称する。そのほうがより安全であるし、源太郎の実弟で家康公のおぼえめでたき松下常慶安綱をはじめ、松下の一党のすべてが虎松を庇護し、警護する格好になる……。

ただし、これまで虎松の身柄を預かってもらっていた鳳来寺側の了承は、まだ得ていない。こちらの都合だけで、すべての話を進めるわけにはいかないのだ。

とにもかくにも、いったん虎松を鳳来寺に戻し、事を実行に移すのは、ほどよい頃合いを見て

から、ということになった。

この松下源太郎清景の弟・常慶の手引きもあって、徳川勢は引馬城を陥落させると、即刻、奥山に引きかえした。そこで家康は、三河国宇利から新たに進発した六千の援兵と合流。計八千の兵をもって、井伊谷の攻略にかかった。

だが、この辺がいかにも戦さ上手の家康らしいところだが、無闇に兵を使って攻撃しようとはしない。引馬で常慶を軍使に立て、敵に降参を勧めたように、ここでは、

「井伊谷の三傑」

として知られた者たちを案内役にして、井伊谷の城館をめざした。

近藤石見守康用、鈴木三郎大夫重時、菅沼次郎右衛門忠久の三人で、これがのちに「井伊谷三人衆」として、井伊郷の監理監督をすることになるのだが、

「わしの先手をつとめてくれたなら、これまでの領地を安堵し、かつ新知をあたえよう」

そうと約して、家康は彼らの合力をとりつけたのである。

これは正解であった。

三傑（三人衆）はいずれも、井伊宗家とは縁が深い。奥山家も井伊の第一の分家（支族）であり、奥山の郷民には、だれ一人として三傑にさからう者はいない。

その奥山の方広寺を徳川方は本陣としたが、郷民たちは皆、抵抗するどころか大歓迎で、得物

を捨てて、徳川の兵が通る道をあけた。なかには、

「われらを但馬守らの縛りから解き放って下さる、神さまのようなお方じゃ」

そう言って馬上の家康を拝み、道ばたで土下座する者や、炊き出しの手伝いなどをすべく、本陣の方広寺へとはせ参ずる者まであった。

奥山に限らず、井伊谷近辺のほとんどの衆が、嬉々として徳川の軍勢を出迎えた。

もともと小野家とつながりのある祝田衆や都田衆の一部のほかはこれまで、それぞれの領地にとどまっていて、小野但馬守道好が井伊谷城の城代になってからは、まったく出仕などせずにいたのである。

近藤康用、鈴木重時、菅沼忠久の三傑を先鋒とした徳川軍は奥山から出撃して、そのままいっきに井伊谷城を取りかこんだ。

迎え撃つ兵はいない。

徳川の軍勢が押し寄せるのを見て、小野但馬守と側近衆はいち早く城から脱出してしまっていたのだ。

そうして但馬守は井伊谷の背後にそびえる三岳山の山腹に隠れていたのだが、ほどなく見つかって捕縛された。

「この家康を信頼し、尽くしてくれた井伊肥後守直親を誹謗中傷し、讒言により生害せしめたこと。その子をも亡き者にしようと、刺客を放つなぞしてたくらみしこと……いずれも大罪に付

き、極刑にあたいする」

このとき家康は一切容赦(ようしゃ)しようとはせず、小野但馬守は井伊谷の地にて打ち首のうえ、獄門(ごくもん)となった。

ともに捕えられた家人・郎党もおおかた、これに連座している。

永禄十二（一五六九）年四月のことで、この時分まだ徳川勢は、井伊の一族にとって、

「もう一人の仇敵(きゅうてき)」

といえる今川上総介氏真が逃げこんだ朝比奈泰朝の居城・懸川城の攻略戦をつづけていた。

が、ともあれ、和泉守道高と但馬守道好と、二代にわたり井伊宗家を苦しめ、いたぶりつづけた小野の一族は、ここに根絶されることとなった。

第四章　虎松出仕

一

徳川三河守家康が朝比奈泰朝（あさひなやすとも）の居城・懸川（掛川）城を攻撃したのは、永禄十一（一五六八）年の末のことだった。

武田軍によって駿府を追われた今川上総介氏真（かずさのすけうじざね）は、この城に逃れ、古くよりの直臣たる朝比奈氏に匿（かくま）われていたのである。

籠城した朝比奈勢を、家康は、つぎからつぎに新手の大兵を送りだして突き崩そうとしたが、城兵の守りは固く、容易には陥落しない。

「へたをすると、これは相当な持久戦になるな」

この年九月には、織田信長が足利義昭（よしあき）を擁して入洛し、一月（ひとつき）後、義昭は征夷大将軍に就任している。

隣接した北方には、武田信玄――不可侵の約定をとりかわしていたが、駿府を手に入れた今となっては、

「信玄入道め、どう出るかはわからぬわい」

そう家康は思っていた。

その信玄の背後、東北方の越後には、信玄と覇を競う上杉謙信がいるし、東方の関東（小田原）では北条氏政が踏ん張っている。

「この城のみに、そう時をかけてもおられぬのだ」

年が明けても熾烈な攻防はつづいたが、家康には、いたずらに時を費やせぬという焦りがあり、城方は城方で、兵糧に関する不安がある。

結果、翌十二年の五月、軍使が城へと出向いて、徳川・朝比奈双方のあいだで和睦が成った。

その前月に小野但馬守は処刑されたが、井伊一族にとって、より大きな仇敵たる今川氏真は、こんどは正室の実家たる北条を頼って海路、小田原へと逃亡した。だが、もはや再起の可能性はなく、そのまま異郷で果てるのは、だれの目にも明らかであった。

ここに晴れて徳川家康は、三河と遠江二国の大名となった。

これまで彼は西三河の岡崎を本拠としてきたが、遠江を併合した現況からすると、西方にかたよりすぎている。

そこで今は、甲州の武田勢に占拠されている駿府をも視野に入れて、家康はもう駿河国に近く、大井川と天龍川のあいだに位置する見附（現・静岡県磐田市）に目をつけた。

懸川から西に五里（約二十キロ）強、元の遠江の国府であり、東海道屈指の宿場町でもある。天龍川をへだて、さらに三里ほど西に引馬の城があった。

さっそくに家康は築城にかかった。

しかし武田信玄から見れば、

「家康め、少々大きゅうになりすぎたな」

とも思えようし、駿河をも窺っているのは明白で、この城は「目の上のたんこぶ」ということになる。

すでにして、武田と徳川双方の関係は微妙になっていた。

見附に本城をかまえた場合、

「もしや北や東から武田勢が攻めてきたならば、天龍の激流を背にして戦うことになりまするぞ」

このころの側近、十五ほども年長で縁戚でもある酒井左衛門尉忠次にそう進言されて、家康は考えを変えた。

「ならば、引馬じゃ」

引馬は天龍川の西岸、北方に三方原の荒涼たる台地を擁した天然の要害である。

「かの地の西南の平野にひろく縄張りし、周辺の谷を利して濠としようぞ……さすれば、まさに難攻不落の城となる」

「御意。仰せのとおりにござりまする」

家康は、井伊次郎直虎の曾祖父・直平が住した従来の引馬城を取り壊し、新たな城を築きはじめた。

天守廓を中心として本丸、二の丸、三の丸と一線上につらねた連廓式の本格的な城である。

そして竣工成った元亀元（一五七〇）年の夏。家康は岡崎の城を嫡男・信康にゆずり、ここをみずからの居城とした。

松平より一字を取り、引馬の名を「浜松」に改めたのは、このときのことである。


同じころ、やはり徳川方の手に渡った井伊谷は、どうなったか。

家康に案内役を命ぜられ、城攻めの先鋒ともなった菅沼忠久、鈴木重時、近藤康用の「井伊谷三人衆」の管掌下におかれはしたが、かくべつに城代や留守居のような者は配さなかった。

次郎直虎は母親の祐椿尼とともに、逼塞していた龍潭寺の塔頭・松岳庵から、またぞろ井伊谷の城館へと戻ってきた。

このたびは、わざわざ還俗の手続きを取ることもなく、武家の姿を装うこともない。尼頭巾に墨染めの僧衣のままに、三人衆に依託されるかたちで政務に当たった。

年貢の徴収や百姓・商人衆間の争い事の調停など、ほんらいの地頭職の役割である。

三人衆のうち、ことに菅沼と鈴木の両家は井伊家と縁が深く、次郎尼法師直虎に対しても、忠実な家臣で通そうとする。

直虎が帰城した日にも、すぐに二人は打ち揃って挨拶に参上した。

「虎松ぎみはいまだ三河の鳳来寺(ほうらいじ)にて、勉学に励んでおられるとのよし……いつか、この城にお帰りになって、立派なご当主となられる日まで、お待ちいたしましょう」

「それまでは直虎さま、たいへんではござりましょうが、井伊谷の里の政事(まつりごと)をよしなにお願いいたしまする」

菅沼と鈴木の二人に限らなかった。昔から井伊谷に住み暮らしている里びとは、みな一様に井伊の頭領(とうりょう)を慕っているのだ。ただし、なかには、

「井伊さまは良しとしても、じゃ。他国から侵入してきた者を、いかに力があるからと申して、おいそれと頭領と仰ぐわけには参らぬ」

そんなふうに言って、家康や徳川方を嫌う地侍(じざむらい)などもおらぬではない。さらには、いまだ武田方と内応する者もあとを絶たなかった。

まだ浜松(引馬)の城が普請中だった永禄十二(一五六九)年の春、領内の気賀(きが)の地侍と本百姓が結託して一揆(いっき)を起こしたのも、その現われと言えた。

もっとも、彼らは武田と通じていたのではなく、今川の残党にあやつられていたようだ。

この一揆勢は浜名湖の湖岸に建つ堀川城に乱入し、城兵たちを追いだすと、女子どもをふくめ、

二千人もが城内に立てこもった。

同じ引佐郡の者同士である。

「何故、血を流して戦わねばならぬのか」

直虎は思ったが、これが鎮圧できなければ、家康としては力量が疑われるし、その名にも傷がつく。彼は三千の兵をくりだすことに決め、遠江一円の国人衆に召集の命を出した。

不本意ながら、井伊谷三人衆や直虎なども、兵を差し向けねばならなかった。

徳川勢は数のうえでもまさっていたが、一揆勢は一部を除き、百姓の集団。戦闘のいろはも知らぬ烏合の衆である。あっという間に城は落ちた。

徳川方には一人の戦死者も出ず、一揆方は首謀者をはじめ、何百人もの犠牲を出した。

それらの遺骸は、大半が龍潭寺に運ばれたが、南渓和尚は、数珠を持って駆けつけた次郎尼法師や祐椿尼に、

「なに、骸になってしまえば、敵も味方もない。ましてや、多くはわれらの顔見知りじゃった者ではないか」

そう言って、尾藤主膳をはじめとする敵方の将や兵、戦さの巻き添えとなった女や子どもたちまでも、懇ろに葬ってやることとした。

二

元亀元年の六月、浜松城が築城される直前のことである。織田・徳川の連合軍は近江の姉川河畔にて浅井・朝倉の軍勢と激突。ほぼ半日におよぶ戦闘は、織田・徳川勢の圧倒的な勝利に終わった。

これによって、おのれに離反した将軍・義昭の追討に拍車がかかり、信長の威信はいや増したが、家康の名も高まった。

浅井・朝倉方一万三千余、これに対して織田・徳川方は三万四千と倍以上の兵を擁していた。しかし当初、戦いは一進一退、互角の様相を呈していたのだ。

それを、五千の兵しかもたぬ家康が三田村口にて朝倉の兵を撃破。勢いづいた織田の主力が浅井勢を総崩れにさせたのだった。

一方、駿河全土の平定をほぼ完了させた甲斐の武田信玄は常陸の佐竹、小田原の北条と和して、後顧の憂いを絶ち、元亀三年の十月、甲府を発って西上する。

武田の騎馬軍団を先頭に、甲斐・信濃の国人衆、それに北条の援兵もくわわり、総勢二万二千。秋葉街道をへて遠江に侵入し、ここで先遣隊五千と合流する。

行軍の名目は将軍・義昭を扶けることで、

「めざすは一所、ただ京師のみ」

つまりは入洛であったが、これを阻もうとした徳川勢は八千。織田の援兵三千をあわせても、一万一千でしかなかった。

姉川での合戦とは、正反対の兵の数である。

しかも、であった。信玄は越前の朝倉義景、近江の浅井長政とも連携するつもりでいた。

そうなれば、徳川・織田の連合軍は前後左右から包囲される。まさしく「四面楚歌」の戦況であった。

十一月の末に天龍川の河畔にある二俣城を落とした武田勢は、浜松と井伊谷のあいだにひろがる三方原を抜けて、東三河へと向かおうとする。

「おのれ、信玄入道。この浜松の城を看過し、素通りしようとするか」

怒った家康は三方原の北、もともとは井伊宗家の領地である祝田の坂に先廻りして、鶴翼の陣形をとった。敵を包みこむ格好で、攻撃しようというのだ。

対するに信玄のほうでは魚鱗の陣形で、坂の上から一丸となって迎撃せんとする。

戦闘が開始されたのは師走の二十二日の夕刻。一ツ刻（二時間）ほども白兵戦がつづいたが、一貫して数にまさる武田方に分があり、夜間になって、

「このままでは全滅するぞ。皆の者、いそぎ退却せよっ」

その家康の下知も聞こえぬほどに徳川軍は混乱し、われがちに敗走していく。家康みずから、

死ぬ思いで馬上にしがみつき、浜松に向かい駆けていくしかなかった。

この「三方原の戦い」での武田軍の死傷者は、わずかに数十名。徳川・織田連合軍は、戦死した者の数だけで千名を超えた。家康はじつに、八千の家臣のうちの一割を失ってしまったのである。

別のところでは、井伊の一族も手痛い敗北を喫していた。

三方原で徳川勢が武田勢と激突した、そのちょうど二月まえの十月二十二日。武田方の先遣隊として、山県三郎兵衛昌景にひきいられた五千の軍勢が、伊平城を攻略しようとしていた。

井伊谷のさらに北側にある井伊家の分家の城だったが、少しまえに前当主の伊平左近が亡くなり、まだ十代の歳若き伊平飛騨守直成が当主として城を守っている。

「かの強者ぞろいの武田の軍団のなかでも、とりわけ武勇の誉れ高い山県昌景が相手とは、飛騨守どの、ひとたまりもあるまい」

そういう噂を聞きつけて、これを補佐すべく、菅沼忠久、鈴木重時などの「井伊谷三人衆」が手兵を連れてはせ参じ、次郎直虎もまた、いくばくかの兵を供出した。

その菅沼の進言もあって、

「城で戦うのは、われらに不利」

と見た伊平飛騨守は、城の北西七町（約七百七十メートル）ほどのところにある仏坂を決戦の場にえらんだ。

古代、菩薩(ぼさつ)とよばれた高僧・行基(ぎょうき)ゆかりの竹馬寺(ちくばじ)が坂上にあり、

「重き荷を担(にな)いて登れ仏坂、法の功徳(くどく)に雲晴るるらん」

そう唱えながら、信者たちは坂を登ったという。

この仏坂で飛騨守直成は必死に防戦したが、山県勢の鉄砲隊が放った弾が首に命中して討ち死に。その母親で前城主・伊平左近の室も寺の門前にて、さきの和讃(わさん)を呟きながら胸を突き、自刃(じじん)して果てた。

山県勢はそのまま、いっきに井伊谷に侵入。城は占拠され、円通寺(えんつうじ)の観音堂や龍潭寺にも火がかけられた。

次郎直虎と祐椿尼はかろうじて城館を逃れでたが、すでに炎上していて、龍潭寺に避難することもかなわない。

結局は、これまたからくも寺から脱した南渓和尚や他の寺僧らとともに、三人衆の兵に守られて、浜松へと向かうことになった。

しかし、その浜松でさえも、年末の三方原における徳川方の大敗北によって、安全なところではなくなろうとしていたのだ。

ところが、である。

このとき、運命の賽(さい)の目(め)は、信長そして家康の側に「吉」と出た。井伊谷三人衆や次郎尼法師

直虎にとっても、同様であったろう。

翌元亀四（一五七三）年の春、宿痾の労咳が悪化して、再出兵を期し、信玄が甲州へと引きあげようとする。その途中、信州の駒場にて息を引きとるのだ。

ほとんど同時に、織田信長は上洛し、夏になると義昭を追放。事実上、足利将軍家ならびに室町幕府が滅びて、信長の天下となる。

その後も信長は浅井・朝倉勢を壊滅に追いこみ、伊勢長島の一向一揆を鎮圧するなどして、確実に地歩を固めた。そうして織田信長による天下一統は成されたかに見えたが、なお予断はゆるせない。

西国に吉川・小早川の「両川」に支えられた毛利輝元がいて、信長に抗して挙兵した本願寺光佐とむすぼうとする。甲斐では信玄の遺児で武田家をついだ勝頼がなお勢力をたもち、越後の上杉謙信は越中を平定して、加賀や能登にも侵出しようとしている。小田原の北条氏政の力も侮れなかった。

ただ、いずれもいわば、団栗の背比べ。目下のところ、信長ほどに抜きんでて、天下に威をなそうという者はいない。

遠江にも、一応の平穏はおとずれた。信長にくみした徳川家康が三河を基に遠江、そして駿河の三国をおさめることとなったからだ。

井伊一族にとっては「天敵」ともいえた小野但馬守が徳川方に捕らえられて刑死し、今川氏真も岳父（がくふ）・北条氏政の庇護下にあって青息吐息でいる。

　そうした直接の危難が去り、彼らに生命（いのち）をつけ狙われていた肝心の若殿・虎松が、三河の鳳来寺でおとなしく勉学に励んでいるとあって、生母のさやの松下家への再嫁（さいか）の話は、しばらく棚上げとなっていた。

　だが、あまりに長く、その状態がつづいたのでは、少々まずい。聡明さが買われて、虎松に対し、

「ぜひとも当寺にて、高僧になっていただきたい」

　などと言いだす僧侶も、鳳来寺にはいるらしい。

　そんな噂を耳にして、いささか慌てたのが、虎松の養母の次郎尼法師直虎と龍潭寺の南渓瑞聞（ずいもん）和尚である。

「僧になるなぞ、とんでもない」

　井伊宗家の将来を託されている若君なのだ。

「井伊家の当主となって、どなたかに仕官してもらい、一族が路頭（ろとう）に迷わぬよう、引っ張っていって下さらなくては……」

　当然、二人の望む仕官先の一番手になっているのが、徳川家康である。

　手づるとしては、家康に「井伊谷奪還」の先鋒を任された三人衆もあるが、それよりさらに「覚えめでたき」者がいる。

松下常慶安綱であった。

そこで、常慶の実兄の源太郎清景との縁談が再燃する。直虎は自分たちが戻った井伊谷の城館にさやをよんで、改めて説き伏せにかかった。すると、

「こんどばかりは仕方がありませぬ」

と、さやのほうでも折れてでて、同年中に松下源太郎と祝言をあげ、源太郎の居城たる頭陀寺城にはいることとなった。

虎松は今のところまだ次郎直虎の養子になっているが、生母さやと一緒に頭陀寺の城に暮らしたほうが安全ではあるし、常慶を介して家康と近づく可能性も高くなる。

ために、虎松は松下家の養子となり、松下姓を称することが改めて決まったが、なんと、鳳来寺側が虎松を手放そうとはしない。

それまでも頭陀寺城と鳳来寺のあいだを往き来はしていたが、虎松が完全に鳳来寺を離れ、松下源太郎の居城・頭陀寺城に移り住むのは、翌天正二（一五七四）年の末のことになる。

その年の十二月十四日、龍潭寺でおこなわれた虎松の亡父・井伊肥後守直親の十三年忌を期し、南渓和尚が鳳来寺側と交渉し、ようやっと話がまとまったのである。

三

年が明けて、天正三（一五七五）年の二月。井伊谷の城館では、次郎尼法師直虎と祐椿尼の二人が、夜なべで若侍用の晴れ着をこしらえていた。

いくぶん艶（つや）のある紬（つむぎ）をもちいて、縹（はなだ）いろの小袖（こそで）を仕立てているのは直虎で、祐椿尼は井伊家の家紋を染め抜いた黒地の羽織を縫いあげようとしていた。

「母上、この小袖の色は少々派手やもしれませぬな」

ふと針を止め、膝上においた小袖の布地に眼を落としながら、直虎が言う。

「いいえ、さようなことはありませんよ。縹はもともと渋みのある上品な色ですし、少しくらい、きらびやかであってもかまいませぬ」

と、こちらは針を動かしたまま、祐椿尼が応える。

「それに、うちの若君は、この正月に齢（よわい）十五になられたばかり……あまりに地味な衣裳は、かえって似合いませぬ」

うちの若君とは、むろん、虎松のことだった。たしかに松下家に預け、松下源太郎清景の養子にはしたが、それはあくまでもかりそめ、一時的なことにすぎない。

一刻も早く井伊の家に返してもらい、一族のたばねとなってもらわねば困るのだ。

その機会は、思いがけず早く来た。鳳来寺側が虎松を手放し、彼の身柄を松下源太郎の居城・頭陀寺城に移すことを承諾して、まだ三月（みつき）とたってはいなかった。

次郎直虎らにとって「吉報」となる話をもたらしたのは、源太郎の弟の松下常慶だった。

あいかわらず常慶は徳川家康の直命により、山伏（やまぶし）や行乞（ぎょうこつ）の僧の風体（ふうてい）で近隣諸国を巡り歩き、物見をして戻っては、家康やその側近らに報告している。

要するに間者・間諜なのだが、彼はしじゅう龍潭寺にも出入りしていた。この寺の場合は、様子をさぐる、というよりも、むしろ昵懇（じっこん）の南渓和尚と会って、茶飲み話に興ずる。そしてその話題は、家康の近況や徳川方の動向などが多いのだ。

「三河守さまはほどなく、今年初の鷹狩（たかが）りをなされまするぞ」

そう常慶が明かしたのは、つい数日まえのことである。

「家康公が浜松のお城を出られて、鷹狩りを……」

南渓和尚は膝を打って、喜んだ。それならば、わざわざ余人（よじん）を介して謁見（えっけん）など申しでずにすむ。

前の晩か、当日の朝にでも、常慶から家康に、

「会っていただきたい若衆がおりまする」

と、軽く耳打ちしておいてもらえれば、充分なのではないか。

これより三年まえの元亀三（一五七二）年の秋、武田方の先遣隊として井伊谷に侵攻した山県昌景勢によって、井伊家の菩提寺・龍潭寺は放火されたが、さいわい全焼にまでは至らず、比較的早くに修築が成っていた。

住持の南渓和尚はその龍潭寺に、松下常慶に加えて次郎尼法師直虎をもよび、三人して方策をねった。

「上手にいたしますれば、虎松の仕官、かなうやもしれませせぬな」

庫裡の一室で南渓和尚、松下常慶と向かいあって座すと、かすかに笑みを浮かべて、直虎は言った。大きくうなずきかえして、和尚が応える。

「そのとおりじゃ。一目で名家の跡取りとおわかりになられるよう、膳立てをせねばならぬ」

「なるほど、相応に見目が大事ということでござりまするな。その日、虎松が身につける装束のことならば、わたくしと母者にお任せ下さりませ」

かくして女中らにゆだねたりはせず、直虎自身と祐椿尼の二人が、いそぎ虎松の小袖や羽織を仕立てることになったのである。


それから四、五日後の朝。次郎直虎らが手ずから縫いあげた晴れ着をまとって、一人の少年が浜名湖にほど近い杉並木の道の端に立っていた。右側に鍾馗髭を生やした山伏、左側には尼頭巾に僧衣をまとった比丘尼が付き添っている。

中央の少年は松下虎松、両側に控えているのは、松下常慶と井伊次郎法師直虎であった。

早春の朝の陽光が浜名の湖面に照り映えて、鏡面のように眩しく眼を射る。直虎は庇がわりに、手を額にやりながら、

「常慶どの、ほんとうに三河守さまらのご一行は、ここをお通りになるのですね」

「ご案じ召されるな、次郎尼法師どの。初鷹狩りは浜名の湖の畔の森にてなされる、とずっと以

前より決まっておったのじゃ」

それに昨夜、お屋形さまが……と、常慶が口にしかけたとき、

「しっ」

と、虎松が二人の大人を黙らせて、耳をこらした。

「蹄（ひづめ）の音がします。それも、たくさんの……」

言うさきから、並木の道の向こうに、先頭に立った騎馬の姿が見えてきた。そのあとを幾十、いや、百頭近くもいるだろうか、大勢の騎馬が追ってくる。

話に聞いていた鷹狩りの一行にちがいなかった。

そうと察して、三人はそろって道端にひざまずき、土下座（どげざ）して迎えたが、一行の中段、家康の馬がすぐ目前に来た。やや頬が張りだし、耳の長く垂れた福顔の大将だ。隣の常慶にそれと知らされるや、虎松は顔を上げ、

「浜松のお城のお屋形さまでござりましょうか」

馬上の家康に向かって、声をかけた。

「……しばし、お耳を拝借（はいしゃく）させて下さりませ」

家康は馬をとめて、虎松の顔をじっと見すえた。

丸顔で、女子（おなご）のように色が白いが、目鼻がきわだち、とりわけて両の眼は強くするどい光を放っている。似ておる……なるほど、肥後守によう似ておるわ。

家康本人は、ほかでもない虎松の付き添い役を買ってでた松下常慶から聞かされているが、他の供の者たちは事情を知らない。

家康の身近にいた者が、慌てて馬から飛び下りて、

「ぶ、無礼者っ」

腰の刀に手をかけたまま、虎松のほうへ近寄ろうとする。それを、

「待てっ」

と、家康が制して、みずから下馬した。山伏姿の常慶の顔に眼をやって、

「この子じゃな、昨夜(ゆうべ)な、そちが申しておったのは……」

「はい。亡き井伊肥後守直親どのの忘れ形見(がたみ)……井伊宗家の行く末を担うと嘱望(しょくぼう)されておられる、虎松ぎみにござりまする」

「虎に松か」

と、少し考えるようにしたのち、家康は、

「良い面魂(つらだましい)をしておるわ。優雅にして、負けん気……物言いもきちんとしておる。尋常の者ではないな。さすがは肥後守の子よ」

「過分なお褒(ほ)めのお言葉、有り難うござりまする」

「井伊谷の肥後守直親のことは、しかと覚えておる。余(よ)に尽くし、近づきすぎた……それがゆえに今川上総介氏真の疑心(ぎしん)を買い、おのれの家老ばらの讒言(ざんげん)によって殺(あや)められたのじゃ」

「………」

「余がために、一命を失ったも同然といえる」

言って、家康はわれしらず目頭に指を押し当てた。

「……取り立てていただけましょうや」

すかさず告げたのは、常慶である。

「むろんのことじゃ。あれほど忠節を尽くしてくれた者の若子を使わぬとなれば、余の名折れになる」

「有り難き仕合わせ」

虎松ともども深く頭を下げてから、常慶は、かたわらで低頭している、もう一人の付き添い役のほうを見た。

「肥後守直親どの亡きあと、虎松ぎみの後見人として井伊の城館に住まわれ、長らく井伊谷の地頭職をされていた次郎法師直虎どのにござりまする」

「おう、そなたが……」

と、ちょっとの間、絶句して、家康は、

「いつぞやは世話になり、また、たいそう領地を騒がせ申した……この家康、ここに改めて謝しておくぞ」

「謝すなぞと……勿体なきことを」

虚勢めいたものを、まったく感じさせない。本音で、真摯に他者に接している。こうであればこそ、家臣たちは皆、生命がけで付いてこようとするのだ。

いつか、きっと天下人となられるお方ではないか。ふと、直虎はそう思った。

その夕、龍潭寺本堂の中央に座して、一人、本尊の虚空蔵菩薩蔵と向きあう次郎尼法師の姿があった。

ようやくにして父祖の思いが叶いました、と眼に涙をためながら、御仏に今朝の出来事を報告しているのだ。

……虎松の出仕に関し、亀之丞こと肥後守直親どのの貢献こそが、いちばんに家康公のお心を動かしたようですが、ご縁はほかにもありました。

公のご正室の築山殿は、吾の曾祖父・井伊直平さまの御孫娘。つまりは、その築山殿がお産みになった家康公のご嫡男・信康さまの曾祖父は、吾と同じ。さらに申せば、信康さまより二歳若年の虎松の曾祖父もまた、井伊直平さまになるのです。

まさに奇縁であるな、と家康公も眼を丸くされていましたが、じつのところ、公が肥後守直親と親しくなられた背景には、築山殿のこともあったようです。

そうしてみると、こたびの虎松の出仕奉公にも、それはからんでおるのでしょう。文武両道と誉れの高い信康さまを、年齢の近い虎松が、どこまで盛り立てていけるのか。

長年、虎松の後見人と養母の役をつとめて参りました吾としては、楽しみでもあり、一方では不安に思われたりもするのです。

不思議なえにしでむすばれた者同士、主従の関係になろうとも、どうか末久しく、ともに歩んでいけますよう、ご加護のほど謹んで願い上げまする。――

四

浜松城に出仕早々、そんな次郎法師直虎の願いに応えるかのような吉兆が、虎松の身辺にあった。

虎松が登城したと知ると、すぐに家康は謁見用の書院に彼をよんだ。

「そなた、まだ松下の姓を名乗っておるそうじゃのう」

虎松が一礼して着座するのも待たず、姿を見るなり、家康は言った。

「はい。生母の再嫁先ですので、養子にはいりました」

「それは、わかっておる……じゃが、この家康に仕えた以上、元の姓を名乗れ」

「井伊を、でござりまするか」

「ふむ。由緒ある名だと聞いておる。今日よりまた、かつてと同じく、井伊次郎尼法師直虎どのを養母とせよ」

「委細承知いたしました」

　ふたたび膝前に両手を突き、いっそう深く頭を下げる。

「それにな、虎に松とは、これも良き名じゃが、この機にこちらも変えよう」

「はっ。何か、お考えが？」

　即答せずに、家康はふっと笑ってみせた。

「そなた、余の幼名を存じておるか」

「は、はい。竹千代さま……ご嫡男の信康さまも、幼きころに同じ御名でございました、とか」

「さよう。余も世つぎの倅も、ともに竹千代と名乗っておった。その竹千代から竹を除けば、千代になる。千代に八千代に……の千代じゃ。どうだ、めでたいであろう」

「めでとうござりまする」

「千代、八千代より、さらにめでたいのは何だ？」

「はて、万、でござりましょうか」

「そのとおり。万に千代……万千代の名を余がここで、そなたにあたえる」

「井伊……万千代」

　家康公の二男の於義丸さまをお産みになった、ご側室のお名前もたしか、お万の方といったはず……虎松は思ったが、黙っていた。

「そうじゃ。良いか、万千代。そなたの父の肥後守直親は、死ぬるのが、ちと早すぎた……そのほうは長く生きよ。そう努めよ」

そのためのこの名だ、と家康は告げた。それから、ふいと腰を上げて、手にした扇子をひろげ、

「千秋万歳、めでたい、めでたいっ」

口ずさむ。そばに侍っていた小姓たちにも、立つよう命じて、唱和させた。

「千秋万歳、めでたい、めでたい……」

最初は何事かといぶかしみ、怪訝そうな面持ちでいた小姓たちの顔がしだいに紅潮し、唄声も高まっていく。

この日、松下虎松改め井伊万千代は、彼らと同じ小姓組の一人に取り立てられ、裃一着を拝領、いっきに三百石の扶持をあたえられることとなった。

三月後。徳川家康が武田勢から奪還した長篠城が、信玄のあとをついだ武田勝頼によって包囲されようとしていた。

精鋭で知られる騎馬隊を中心とした武田軍は、一万五千。対するに徳川軍は三分の一の五千。

「このままでは、われらに勝ち目はない」

家康は、尾張の織田信長に援軍を頼んだ。

長篠城は信州から東海道へと至る主要路の途中にあり、交通の面でも政事・戦略の面でも重要な城である。

「これは落とせぬ、大事な一戦となる」

そうと読んだ信長は、みずから三万の兵をひきい、徳川軍と合流した。

この織田・徳川の連合軍は五月半ばに長篠城の麓（ふもと）にひろがる設楽原（しだらがはら）に到着。ここが決戦場になる、と見て、極楽寺山（ごくらくじさん）、弾正山（だんじょうさん）など、近隣の山々にそれぞれの陣をしいた。

信長は最前線の連子（れんこ）川沿いに馬防柵（ばぼうさく）を設けて、そこに鉄砲隊三千人をおいた。しかも、その鉄砲三千挺（ちょう）を三段に分け、

「一段目の兵が銃撃中、二段目は点火して発射の準備、三段目が弾を込める」

という、のちに「三段装填（そうてん）法」とよばれる新たな戦法をとった。

戦闘は五月二十一日の払暁（ふつぎょう）に開始された。

かの家康の側近・酒井忠次（ただつぐ）ひきいる一隊と、信長麾下（きか）の馬廻り衆が武田方の砦を奇襲したのだ。

ただちに武田勢は迎撃態勢にはいり、設楽原の盆地を主戦場に、昼すぎまで熾烈（しれつ）な戦いがつづいたが、結果は織田・徳川軍の圧倒的な勝利に終わった。

鉄砲の威力を最大限に活（い）かした信長の「新戦法」が、功を奏したのだ。

さしも勇猛を誇った武田の騎馬軍団も、例の馬防柵にさまたげられて進撃できず、右往左往しているところを織田の鉄砲隊によって、狙い撃ちにされた。

武田軍の戦死者の数、じつに一万余。馬場信春ら主だった部将はことごとく討ち死にし、過日、伊平郷や井伊谷郷を襲った山県昌景も、ついに雨あられと降る銃弾の餌食（えじき）となった。

勝頼はわずか五、六騎の供に守られて甲府へと逃げ帰ったといわれる。

武田家滅亡の最大の契機となった戦さだが、出仕後まもなくのことでもあり、年少にして小姓役の万千代は、これにはまだ出陣していない。


長篠の戦いでの敗北は、武田方に計り知れぬほどの打撃をあたえた。が、勝頼にも、

「余は大信玄の子である」


との気負いはある。

長篠合戦から一年近くをへた天正四（一五七六）年の春、勝頼は劣勢を挽回しようと、東遠江の高天神城へと兵糧を運び入れた。懸川の南、ここも大井川と天龍川のあいだに位置する要衝である。

その高天神城を望む芝原の野で、武田と徳川の兵は激突した。

これが井伊万千代にとっての初陣であったが、彼は大手柄を立てた。ただし、このときは戦さ場でのことではない。

その夜、家康は武田勢との決戦をまえに、徳川方の本陣内で仮眠をとっていた。

この陣屋は天幕ではなく、近隣の百姓らが何らかの事情で捨てておいた廃屋を修復したものであった。苫で葺かれた、いわゆる掘っ立て小屋ではあるが、徳川の兵によって周囲の壁には厚板が幾重にも張り巡らされている。

家康の警護役を任ぜられ、他の小姓仲間三人とともに、万千代は家康の寝所の次の間に控えていた。

深更のことで、昼からずっと同じ姿勢で座していて疲れたか、相棒らはだれも、軽い寝息を立てている。なかには首を上下にさせて、舟を漕いでいる者もあった。

苦笑して、

「……起こそうか」

と思い、万千代が腰を上げかけたとき、突然、戸外で物音が聞こえた。

春たけなわで、温かくはあるが、ときおり強い風が吹く。その風に、板切れか何かが倒されたのであろう。

ちがう。万千代は耳を澄ました。すると、忍び寄る人の気配。つづいて、ごくかすかながら、人の声までも聞こえた。味方の兵のようではない。

「さては、刺客か」

わきにおいていた刀を取りあげた。鞘から抜いて、耳の後ろに立て、八双に構える。

外の空気がはいってきた。すでにして、音はない。が、小屋の出入り口から生温い風が、いや、殺気が漂ってきた。

仲間を起こしている暇はない。そんなことをしていれば、敵はいっきに襲ってくるか、あるいは逃げ去ってしまうだろう。

出入り口に人の影が現われる。二人だ。

部屋の中央においた灯火がぼんやり彼らの輪郭を浮かびあがらせる。やはり、見覚えがない。

八双の構えのままに、腰を屈めて、灯火を吹き消し、勘をたよりに前方に足を踏みだした。

こちらが待ちかまえているのを敵も察したようだが、いきなりの暗闇に一瞬、狼狽(ろうばい)したようだ。姿は見えずとも、吐く息は感じられる。

寄っていき、上段に構えを移して、そのまま斬り下げた。悲鳴が上がり、手応えがあった。近藤武助といって、武田の家中でも手足(てだれ)で知られた男である。

その武助にはかまわず、万千代は下げた刀尖(とうせん)をすぐさま横にずらし、こんどはもう一人の敵の胴を払った。

眼が闇に馴(な)れてきていて、いま斬った男が、さきに倒れた武助の上に折り重なるようにして頽(くずお)れていくのが見えた。

「どうした?」

「何があったんじゃ?」

「賊か……刺客が侵入したのか」

今ごろになって、目を覚ました仲間たちが訊(き)いてくる。

「お屋形さまのお生命を狙いに来た忍びじゃ。わしが斬った」

短く答えると、あいかわらずの闇のなかで、いくつかの溜息が重なって聞こえた。

とんだ初陣になったものではあるが、万千代としても、生身の人間を斬り斃したのは、初めてであった。

幼いころに稽古をつけてくれたのは、次郎法師直虎である。まず、おのが身を守るために徹底的に教え、鍛えたのだったが、その後あちこちの隠れ家を転々とするうちに、彼はいっそう剣のわざを磨いた。

松下のような武家はもちろん、鳳来寺のごとき寺院にも屈強の僧はいて、剣豪・剣客もいた。戦国……乱世である。僧兵とまではいわず、機会さえあれば還俗して、いずこかの大名家に仕官しようという僧は多い。

そういう僧たちから万千代は日々、薙刀や刀の薫陶をうけてきたのだ。

あまりに大勢が相手では無理だが、一人や二人の敵なら充分に単独で太刀打ちできる。

ともあれ、騒ぎに気づいて、隣室から家康も起きてきた。彼は、他の小姓たちに万千代の奮闘ぶりを聞かされて、ことのほか喜んだ。

「万千代、そなたは余の生命の恩人であるな」

そう言って、家康はその場で井伊万千代に、それまでの十倍、三千石の加増を約束したのである。

五

かくして万千代は完全に井伊谷郷を掌中に戻したが、ほんらいの領主――地頭のなすべき職務などは、従来どおり、すべて養母の次郎尼法師直虎に任せ放しであった。

天正五（一五七七）年には、十七歳となり、ふつうなら元服して名も諱に改めている。だが、

「いい加減に元服されては、いかが」

という直虎ら、周囲の声には耳を貸そうとせず、

「元服すれば、井伊家の当主にならねばならぬ。城の御殿にふんぞり返っているのも、わしの性にはあわんし、地頭なぞになれば、面倒なことが多い」

そう言い張った。

「経を読むぐらいなら、お手のものじゃが、帳面付けや算勘なぞ、わしがいちばん苦手とするところじゃ……それにわしは、家康公から頂戴した万千代なる名が気に入っておる。諱なんぞは要らぬわい」

また、嫁取りの話に対しても、応じるどころか、にべもなく一笑に付してしまう。

「わしは戦さじゃ。甲冑が何より似合うておる」

そう言って、今も暇さえあれば、刀や槍、弓、鉄砲の稽古にはげんでいる。

「とにもかくにも養母上、この城は預けましたぞ。わしはまだまだ修業中の身、階梯を昇っておるところでござりますれば……」

徳川家の家臣としての階梯――出世の階段を、である。

じっさい、順調を通り越して、異例ずくめの昇進であった。直虎など、はたから見れば、なるほど誤って「階段」を踏みはずしはすまいか、と怖くなるほどだ。

元服の儀式はせぬものの、天正六年三月、家康の肝いりで万千代は「甲冑着初式」をおこない、それからまもなく、徳川勢は駿府の西方にある武田勢の駿河における拠点、焼津の田中城を攻略した。

この城の攻防戦で、万千代は万人がみとめる手柄を立て、じつに一万石の加増を得た。

これで一万三千石となり、焼津一帯をも、みずからの所領とすることとなった。

すでにして「井伊谷の領主」どころではなくなっていたのだ。一足飛び、否、二足、三足飛びの出世である。

好事、魔多し。

翌天正七年、家康にとってはもちろん、井伊万千代や次郎直虎にとっても悲しく、忌むべき出来事があった。

それは、二人にとっては再従姉妹に当たる築山殿とその一子――家康の跡取りたる信康の身に起こった。

信康は十二年まえの永禄十（一五六七）年、まだ竹千代とよばれていたころに、信長の娘の徳姫と祝言をあげ、夫婦になった。

そのとき二人ともに、齢わずかに九つ。信長と家康が同盟を強固なものにするための政略結婚であるのは、だれの目にも明らかであった。

三年後の元亀元（一五七〇）年、元服して竹千代は「信康」と名乗り、そのまた三年後に、徳川勢が武田方の足助城と武節城を攻めたおりの合戦が初陣となった。

長篠合戦でも、采配をとる父のかたわらで兵たちを叱咤激励。徳川勢が不利になった遠江国小山城での戦いでは、撤退軍のなかでもっとも困難といわれる殿の役を進んで引きうけ、無事につとめあげるなど、つぎつぎと戦功をあげた。

「さすがは信長公の『信』の諱と、お屋形さまの『康』をいただいた若殿だけのことはござる」

「きっと大器になりまするぞ」

「早晩、大殿の上手を行くようになり申す」

家康の家来たちは、口々に信康を褒めそやした。

それが裏目に出たのか、どうか。

親同士の都合で成された結婚であったが、信康と徳姫の夫婦仲はわるくなかった。二人の女児にも恵まれた。

問題は、

「嫁と姑（しゅうとめ）の確執（かくしつ）」

にあった。

徳姫と築山殿、である。

家康の正室・築山殿の生母は、井伊一族のたばね役であった井伊兵部少輔（ひょうぶしょう）直平の娘。これを直平は、当時隆盛を誇った今川家の頭領・治部大輔（じぶだいふ）義元に差しだした。

その娘を義元はいったん側女（そばめ）にしたのち、おのれの養妹として重臣の関口刑部少輔（ぎょうぶ）親永（ちかなが）に嫁がせたのだ。

そうして生まれたのが瀬名姫、すなわち現在の築山殿。かたちの上では義元の姪（めい）であり、しかも関口家は今川親類衆のかなめであって、義元とも当然、血がつながっている。

その義元を桶狭間で打ち破ったのが、織田信長なのだ。

つまるところは仇（かたき）同士を実家とする嫁・姑であった。双方の関係が巧くいくはずもない。

何かにつけて、ぎくしゃくする。閉口した家康は、

「勝頼と雌雄（しゆう）を決するときが間近いでな」

と、武田勢との戦さを口実に、おのれは単身浜松へ向かい、新たな城に居坐ってしまう。岡崎の本丸御殿には信康夫婦を住まわせて、築山殿には東廓（ひがしのくるわ）にある別棟の館（やかた）をあたえた。

言ってみれば、三者がそれぞれに「別居」していたことになるが、

「母親の築山殿にそそのかされて、わが殿は武田方と内応しておりまする」

との内容の文を、徳姫が実父の信長に書き送ったことから、事態は紛糾した。

弁明のために、家康の近臣の酒井忠次と奥平信昌の二人が信長の居城・安土へおもむいたが、信長の威厳を怖れたか、弁ずるどころか、徳姫のしたためた十二の罪状のすべてをみとめてしまう始末。即座に、信長は家康に勧告の沙汰を寄こした。

「ご子息・信康どのを生害せしめよ」

勧めたのではなく、実質的に命令である。

信康に死罪を科そうという信長の表向きの理由は、こうであった。

「目下、われわれがなすべき仕業は武田勝頼を討滅すること。さすれば天下布武、一統は実現する。その妨げとなる者は、何人であろうとも、この世から消えてもらわねばならぬ」

あれこれと逡巡したのち、家康は決断を下した。信康をしばし岡崎の城に蟄居謹慎させてから、衣浦の海湾にのぞむ大浜城をへて、浜名湖にほど近い二俣城へ護送させた。

信長の意向は、もう一つ。信康を教唆した築山殿をも生害せしめよ、というもので、この機に、

「今川に縁ある者を根絶やしにし、一切の禍根を断ち切ってしまおう」

と考えたのである。

はたして、そんなこととは知らぬ築山殿は、わが子の「助命嘆願」のために、家康との面会を望んだ。それと聞くと、家康は部下の野中重政に命じて、岡崎まで築山殿を迎えに行かせた。

「相手は女性（にょしょう）である。そのことも考慮して、そちの判断で事をなせ」

この家康の言葉には、ふくむものがあった。女性の場合はとくに、罪を得ても「縁切寺（えんきりでら）」などに駆けこみ、出家遁世（とんせい）して死を免（まぬが）れることが可能なのだ。

しかし、野中は家康の言を、たんなる「殺害指令」と受けとめた。

築山殿が浜名湖を舟で渡り、輿（こし）に乗り換えたところを、槍で突き刺した。さらに、息も絶え絶えになりながら、輿の外へ飛びだそうとした彼女をとらえて、首を刎（は）ねた。

その野中に向かって、死の直前、築山殿は叫んだという。

「女子（おなご）なれども、わらわはそなたの主。それを刹（しい）しようとは……子々孫々にわたり、野中の家は呪われようぞ」

息子の信康は、ちがっていた。

母の死から半月後に、信康は二俣の城内で、恨み言の一つも洩らさず、従容（しょうよう）として切腹して果てたのだった。

この前年、天正六年の七月に祐椿尼が重い病いにかかり、入寂（にゅうじゃく）している。その葬儀の直後に、次郎尼法師直虎は師の南渓和尚から、母と同じ「祐」に俗名の「圓」の字を重ねた「祐圓（ゆうえん）」なる法名をさずけられている。

四十代半ば、すでに若くはないが、老女というには早い。微妙な年齢であった。

その祐圓尼は祈っていた。

祈る。祈りつづける。御仏のまえで経を唱え、信康の冥福(めいふく)を祈るほか、彼女には何もできなかった。

……まことに諸行は無常にございまする。まさかに、井伊と今川一族の両方の血を引き、雅(みやび)をきわめた女人・築山殿と、世の武人たちに戦さ巧者と讃えられた信康さま、その母子があいついで彼岸(ひがん)へ行ってしまわれるとは……それも、世にも無惨な致されようで。

そこには嫁と姑の葛藤(かっとう)があった、と言われておりますが、もとはといえば、築山殿がにわかの頭痛を理由に、信康さまの元服のお祝いの席に顔をお出しにならなかったのが、きっかけだそうです。

それというのも築山殿、その席で披露(ひろう)されることとなった「信康」なる御名が、お気に召さなかったがゆえであるとか……信長公と家康公のお二方(ふたかた)から、一文字ずつを頂戴したわけですから。

そのうちに、誹謗(ひぼう)と中傷(ちゅうしょう)の女人の合戦がはじまりました。

つづけてご息女お二人を出産なされた徳姫さまに、築山殿が、何故世つぎとなる男児を産まぬのか、と誹(そし)り、あろうことか、武田家ゆかりの娘を信康さまの側室にしよう、とたくらまれた。ために、武田の者たちが何人も岡崎城の東廓、築山殿のお住まいに出入りしていた、との噂が立ったのです。

徳姫さまが、ご実父の信長公に送られたという「讒奸状(ざんかんじょう)」の十二の項目、すべては存じあげませんが、たとえば勘気（かんき）を起こした信康さまが、盲目の法師の頭に縄をかけ、馬で引いて殺（あや）めなさったとか、盆踊りの歌舞（かぶ）衆の踊りようが気に入らぬと射殺（いころ）されたとか、それらの挙動を諌（いさ）めた徳姫さま付きの老女の腕を摑み、折ってしまわれたとか……真偽のほどは不明ですが、おそらくは大半が捏造（ねつぞう）されたものでしょう。

母子ともども、身に覚えがなかったからこそ、築山殿は信康さまの助命嘆願のために、浜松の城におられた家康公のもとへ出かけようとなさったのだと思われます。

信康さまはお父上の家康公をも超える逸材（いつざい）といわれ、万千代もやがては信康さまのおそば近く仕えることになろうと、かねがね家康公みずからが仰有（おっしゃ）っていたそうです。

そうした信康さまの才覚を信長公が妬（ねた）まれたのだ、との風評も流れています。

それにしても、信長公。今川の義元公、氏真公の致されようと、どこがどう、ちがうのでしょう。直満どの、直義どの、そして直親どの、いずれも智勇兼備の方々が、心ない讒言によって亡きものにされました。こたびのことも、よく似ているような気がします。

才ある者は味方にすれば、こよなく頼もしいけれど、敵に廻してしまえば、百害のもと。早いうちに、その芽を摘んでおくに限る……それが乱世の習いというものなのでしょうか。そうであるならば、芽を摘んだ者の芽も、早晩、何者かによって摘まれてしまいましょう。

信長公、織田一族の命運も、いずれは断たれるときが来るような……そういう予感がいたします。因果応報、万物流転、諸行無常。色即是空空即是色（しきそくぜくうくうそくぜしき）。——

第五章　赤備え

一

諸行は無常なり。

井伊次郎尼法師直虎こと祐圓尼(ゆうえんに)の予感は当たった。

天正八（一五八〇）年の秋から翌九年の晩春まで、半年あまりもかけて、徳川勢は、武田方に占拠されていた東遠江(ひがしとおとうみ)のかなめ・高天神城(たかてんじん)を包囲して、ついに陥落させた。

そのため、いよいよ武田勢は衰退し、北条からも手を切られ、本国・甲斐に退いて戦わざるを得なくなった。

さらに天正十年の二月、武田方にくみしていた木曾義昌(きそよしまさ)が謀反を起こし、信州木曾谷へと征伐に向かわんとした勝頼を、織田、徳川、それに北条の連合軍が三方どころか、四方八方から同時に攻めた。

勝頼は麾下の将兵をまとめて、布陣していた信州諏訪から南下。甲斐韮崎の新府をへて、郡内の都留へと逃れ、岩殿城の小山田信茂を頼ろうとした。

ところが、小山田もまた離反し、穴山信君こと梅雪入道をはじめ、一族の者たちや他の部将らも、つぎつぎと寝返って、

「……万策つきた」

と見た勝頼は、わずかな手勢とともに天目山の麓の田野の郷にたどり着き、みずから腹を切って果てる。

これにより、甲信一円に覇をなした甲斐源氏の末裔、武田氏は名実ともに滅びた。

そして井伊万千代の主・徳川家康は三河、遠江に駿河をあわせた三国――かつて今川義元が、その最盛期に支配していたのと同じ領国の太守となった。

それから三月もたたぬ六月二日の未明。

武田一族を殲滅させた織田信長が、突然の死を迎えた。織田方の部将として一、二を競っていた明智日向守光秀に攻められて、自刃したのだ。

のちの世にいう「本能寺の変」である。

その異変時に、井伊万千代は小姓組の一人として、家康の上洛に従い、上方に逗留していた。

万千代は高天神での城攻めのおりには、城への水の手（補給路）を断つなどして手柄を立て、さ

らに七千石を加増され、今や二万石の扶持を得ている。これは地方の小大名をも超える石高で、彼は中野信濃守や奥山六左衛門など、これまで山間の自領に引きこもっていた親類衆をすべて部下とし、出仕させていた。

だがこのとき、それら家臣の大半は井伊谷の城館とその近辺にとどめおいており、ごく少数の者しか同道させていない。

だいたい家康の供びと全体からして、万千代の属する小姓組など、四、五十名ほどでしかなかった。

浜松を出て、家康と万千代ら主従が最初におとずれたのは、信長の居城・安土であった。先月五月の初めのことで、信長に拝謁し、駿河の領有をみとめられた御礼と、戦勝の祝賀を言上するためである。

信長は近臣の明智日向守を饗応役に任じて、家康らをもてなした。

城下の摠見寺では、猿楽の名手・梅若太夫の舞を鑑賞。そのあとには、これも万千代などの田舎侍にはお目にかかったこともないような、珍美な山海の馳走をならべての盛大な酒宴が催された。

「ついでに、と申しては何であるが、ぜひにこのまま西上し、京の都や上方の各地を見てまわられるがいい」

信長は言ったが、勧められるまでもなかった。はなから家康はその気でいて、

「物見遊山に大兵は無粋……」

と言って、平服の供廻りのみ連れてきたのだ。

じじつ、一行は京師、奈良、大和、大坂と巡遊し、月末には堺の町にはいった。そこで今井宗久や松井友閑といった粋人豪商の接待をうけているうちに、月が変わり、六月になった。

信長が中国出陣の準備をすべく上洛し、本能寺に滞在している。それと知らされて、家康は挨拶に出向こうと決めた。

二日の朝早くに堺を発ち、河内国飯盛山の麓まで来たときだった。さきに物見にやった本多平八郎忠勝が、大汗をかいて戻ってきて、青ざめた唇を震わせながら伝えた。

「今暁、本能寺におられた右府さまのもとへ明智の兵が大挙押し寄せて、火を放ち、右府さまをご生害せしめたとのことでござりまする」

右府とは右大臣のことで、当時の信長の官位である。その右大臣・信長が薨じた。それも、襲撃したのは明智光秀勢だという。柴田修理亮勝家や羽柴筑前守秀吉とならび、織田家家臣の筆頭格だ。

安土での家康接待の最高責任者でもあったし、そうした織田家内部での地位や立場は、井伊万千代も承知している。

けれど何故、その明智さまが？……そうなると、彼には皆目、見当もつかない。家康もまた、唖然として首をかしげている。

物問い顔を向けた家康に、忠勝が言う。

「それがしも京への途中、茶屋四郎次郎の手の者によって聞かされたばかり……詳細は存じませぬ」

茶屋四郎次郎清延は、徳川家御用の呉服商だが、万千代の徳川家出仕の仲介役をはたした松下常慶と同様、彼も家康直属の「物見」の役をつとめている。その茶屋が事の一部始終を見届けたのち、京より帰ってくると聞いて、とにもかくにも家康ら主従は彼の到着を待つこととなった。

はたして茶屋四郎次郎やその配下の者によって、家康らのもとに詳報がもたらされた。

織田信長は近々みずからが陣頭に立って、中国の毛利勢に総攻撃をかける予定でいたが、それよりさきに羽柴秀吉が毛利討伐におもむいている。そして、ちょうどそのころ、毛利方の清水宗治が守る備中高松の城を攻めている最中であった。

その秀吉が苦戦していると知って、信長は日向守光秀に、

「おい、きんかん頭の光秀よ、さる（秀吉）めがだいぶ手こずっておるようじゃ。そちが備中へ行って、さるを援助せよ」

そう命じた。

これに応じて、光秀は京の北、丹波亀山城で軍勢をととのえて、出陣。ひとたびは西国へ向かうとみせて、老ノ坂のあたりで急に進路を変更、南方の京都をめざした。

「敵は備中にはあらず、京師四条の本能寺にありっ」

光秀の下知のとおり、明智軍一万一千は桂川を渡って京にはいるや、そのままっすぐに四条西洞院の本能寺へと突進した。到達するなり、蟻の出入りする隙間もなきほどに、厳重緻密に寺を包囲する。

そうしておいて、寺のそこかしこに火を放った。

「そのおりの右府さまの御廻りには小姓に近習、お女中衆をあわせましても、現在のわれらと同じか、さらに少なく、百名もおらなんだようで……とても、かなうわけがござりませぬ」

家康のまえに膝を屈して、茶屋四郎次郎が言う。

紅蓮の炎につつまれたなかで、信長はみずから生命を断ったようだが、光秀は本能寺を襲う一方で、信長の嫡男・信忠の宿所たる妙覚寺の攻撃にも、相当数の兵を割いた。いち早く難を察した信忠は、千人あまりの馬廻り衆をひきつれ、間近の二条御所へと駆けこんだ。

「寺よりも戦い易いと踏んだのでござりましょうが、それでもやはり多勢に無勢、防戦かなわず、右府さまとご同様、お腹を召されたようでござります」

「……ふむ」

と、渋面をつくって、家康は拇指の爪を噛みながら、あいまいに首を揺すった。爪を噛むのは、困ったときの彼の癖であった。

「せっかくここまで来たのじゃ。いそぎ、われらも京へ参り、斬り死に覚悟で惟任の兵どもと戦い、一矢を報いるか」

そばで万千代は、じっと俯いていた。顔を上げると、頬を緩めてしまいそうだった。

家康は実直で一途な人柄ではあるが、頭の回転が速い。今しがた、茶屋も告げたように、彼の供びとの数も本能寺での信長勢と大差ないのだ。わざわざ負けるとわかっている戦さに挑むはずがなかった。

にも拘わらず、故意に困惑の素振りをしてから、勇み立っているかにしてみせた。これは、一行のなかに、信長の子飼いともいうべき近臣の長谷川秀一らがいるからにちがいない。長谷川は京や上方の政情ばかりか、地理にも明るい。付近の国人・地侍衆にも顔がきく。

そういう彼を引きつけておきたい一心なのである。

それほどにも危機的な状況ではあった。

名目上、織田家筆頭の老臣・柴田修理亮勝家は、上杉勢を牽制すべく越中方面に滞陣中。ついで有力な滝川左近将監一益は、武田勝頼を最後まで追いつめた功により、関東管領に任ぜられて、遠く関東の上野国にあった。

滝川も、織田方に離反しつつある北条勢の抑えがいちばんの任務だが、河尻肥前守秀隆は同じ北条方と甲斐で対峙している。丹羽越前守長秀は畿内にとどまってはいるが、四国の長宗我部を攻略する準備で手一杯の模様であった。

残るは、元は尾張の一百姓の出で、信長の草履取りから織田家有数の部将に昇りつめた羽柴筑前守秀吉だが、彼は毛利勢を相手に備中で釘付けになっている。

戦況はほぼ膠着状態で、楽ではない。

だからこそ光秀が援護を命ぜられたのであり、

「それを逆手にとっての本能寺での叛乱」

とも言えなくはないのだ。

秀吉をはじめ、光秀以外の織田の部将のほとんどが動けずにいる。そうとなれば、光秀の縁戚の細川藤孝・忠興父子や筒井順慶などの諸将が、明智方に加担する恐れもあった。

皆して、それらの見通しを話しあったのち、家康の右隣にいた酒井左衛門尉忠次が言った。

「ここは、どうにかして浜松の城に立ち帰り、敵に匹敵し得る兵をあつめたうえで、信長公の弔い合戦をなさるのが得策かと存じまする」

歴戦の猛者で知られる本多平八郎忠勝でさえも、

「この員数で万余の敵と戦えば、どうなるか……それは、ほんの小さな幼子にもわかること。無駄死によりほかの何ものでもござりませぬ」

と、忠次に同意してから、

「万千代はどうじゃ」

ふいに水を向ける。

「おぬしのような若衆は、またちがう見方をしよるかもしれんでな」

「いえ、それがしも……いま京師に進んで戦うは、無謀であると思います」

「なんだかや。いつも一番手柄を立てようと無我夢中でおる若武者が、わしらのごとき年寄りと相似たことを申すとはのう」

三河訛りで榊原小平治康政が告げて、一同の失笑をさそった。康政は忠勝と同年で、まだ働き盛りの三十五歳なのである。

だが、まさに三河譜代の「年寄り」たちと井伊万千代のような「新参者」の意見が一致したことが、家康の意志を決した。

「よし。皆の者、何とかこの窮地を脱して、つぎなる戦いに備えようではないか」

二

一行のなかに、服部半蔵正成がいた。家康配下の足軽頭の一人だが、「伊賀者」で知られる伊賀同心（忍者）の二代目の元締めでもある。

さきの長谷川秀一の意見も聞いたうえで、家康はその服部半蔵の進言を容れ、彼の郷里の伊賀の山道を越えて、伊勢の海（伊勢湾）に出ることにした。

すなわち、ここ飯盛山より東北方へ向かい、宇治田原から伊賀にはいり、柘植、加太、亀山と進んで、伊勢湾に面した白子浜へと抜ける。そこからは海路、遠州灘を東下して、三河をめざすつもりであった。

そうと行程は決まったものの、なおも出立は遅れた。

家康は、甥の武田勝頼を見限って、おのれの軍門に下った穴山梅雪も堺まで同道させていた。が、宿所を別にしていたこともあって、その日は家康らがさきに堺を発ち、途中で落ちあうことにしていた。

それが何故か、いくら待っても、梅雪らの一行は現われない。

家康とちがって、癇性(かんしょう)の強い信長は、

「一度、主を裏切った者は二度、三度と裏切る」

と言って、梅雪のような者を信用しようとしなかった。

安土でも梅雪は信長から、あまり良い扱いは受けなかったので、再度の謁見は御免(ごめん)、と思ったのか。あるいは、どこかで光秀の謀反の報を得て、とうに逃亡してしまったのかもしれなかった。

「右府さまは少々、毛嫌いがすぎたようにも思われますが、それがしも、かの梅雪入道どのは好きませぬ」

山道を行くのだ、まさかに道すがら鼻緒(はなお)でも切れぬように草鞋(わらじ)だの、脚絆(きゃはん)だのを改めながら、万千代は本多忠勝を相手に話していた。年齢は十三も異なるが、武勇を好む者同士、忠勝とは反(そ)りがあう。

忠勝はしかし、あいまいに首を揺すって、

「したが、おのおのがてんで勝手に参るのは、あまりにも危険……出来得ることなら、入道らの一行とも合流して、大勢で山野を進みたいものよ」

「さほどに危険でござろうか」

「さよう。わし自身は初めての行路だが、伊賀は山深い峻険の地じゃそうな」

と、忠勝はこころもち眉をひそめてみせる。

「明智の追っ手はともかく、京での変事の噂がひろまれば、だれしも殺気立ってくる……そうでなくとも、伊賀山中の峠みちでは、不埒な土豪や山賊、野伏の類いが徒党を組んで、道行く者を待ちうけているというからな」

「野伏なぞ、一人や二人なら、難なく倒せましょうが、五人、六人ともなると……」

「一人で十人を相手では、わしでも無理じゃ」

「それがしも、でござる」

と、万千代は素直にうなずきかえした。そのとき、

「もう待てぬ。行くぞ、者ども」

家康の声が聞こえ、先鋒を命ぜられていた本多忠勝が、万千代と眼を見かわして、騎乗する。

馬に鞭を入れ、案内役の長谷川秀一らとともに進みはじめた。

ついで大将の家康を囲むかたちで万千代らの小姓組、三番手が酒井忠次に石川伯耆守数正らで、服部半蔵ひきいる伊賀者たちはここにいる。

さらに茶屋四郎次郎清延にゆだねた荷駄隊、小荷駄奉行の高力清長がつづき、榊原康政が殿を任されていた。

錚々たる強者揃いではあるが、雑兵や人足をあわせても二百人に満たず、何とも心もとない。

それでも万千代は馬上で、きっと下唇を噛みしめ、

「見苦しい真似だけはいたすまいぞ」

おのれに言いきかせていた。


さすがに長谷川秀一は近畿一円の地理にくわしく、表街道ばかりか、横道や脇道にも通じている。おかげて、宇治田原までは、きわめて順調に進んだ。

穴山梅雪らのことは皆、気がかりであったが、いかようにも出来ない。とりあえず、服部半蔵の手の者を一人二人遣って、様子をさぐらせるほかなかった。

田原からは山田郷をへて、夕刻には近江国の信楽に着いた。室町のころより焼き物が盛んになった村里で、ことに茶入れ・茶壺の陶器で名高い。

一行は、その信楽の小川郷で郷主をつとめる多羅尾光俊の屋敷に、一夜の宿をかりることとなった。

多羅尾は恰幅がよく、人も善げな男で、酒肴を供して家康ら主従をもてなした。万千代がちょっと驚いたのは、食膳に赤飯が出されたことで、他の一同は喜んで食べたが、彼は口にしよ

うとしなかった。

「万千代、いかがした?……腹でも痛いか」

そう訊(き)く家康に、微苦笑で応えて、

「いや、お屋形さまをはじめ、皆々さまが食しているあいだに、賊でも侵入したら厄介だ、と先刻来、考えておりました」

「ゆっくり赤飯なぞ、味おうてはおられぬと?」

「御意(ぎょい)。そのとおりにございまする」

失礼、と言うなり、刀を手にして、腰を上げる。そのまま万千代は戸口に立っていき、宵闇につつまれた戸外に眼を配りはじめた。

やがて食事を終えた本多忠勝が、万千代のそばに寄ってきて、

「万千代、おぬし、赤飯のこと、何かほかに思うたことがあるな」

耳もとで訊(たず)ねる。

「平八郎どのには、悟られてしまいましたか」

「ふむ。おぬしのことじゃからな……で?」

「はい。食事中に賊に襲われたなら、と案じたのは事実。けれど、それのみにはあらず、油断して、もしや敵に斬られでもしたら、咽喉(のど)や臓腑(はらわた)から赤い飯が飛びだしてくる。それを思うたら、とても赤飯なぞ……」

「喰う気にはならぬ、とな」

ふっと忠勝は笑った。

「やはり、おぬしは他とちごうておる。面白い男じゃ」

面白すぎる、と忠勝が言いかけたとき、闇の向こうに二、三の人影が揺らめいた。

「すわっ、賊か」

と、万千代も忠勝も刀の柄(つか)に手をかけたが、抜く必要はなかった。多羅尾邸に着くまえに姿を消した服部半蔵が、梅雪らの動向を見に行った者たちを従えて、戻ってきたのだ。

万千代らに一礼して、屋内にはいると、服部はまっすぐ家康のもとへ行き、片膝を突いて、

「……大事(おおごと)にござりまする」

報告する。背後に控えた部下のほうをちらと見て、

「この者たちが申すには、穴山信君どの、無念の最期(さいご)をとげられたとのよし」

「梅雪入道が……亡(の)うなったとな」

「はい。それも敵は明智方などではなく、土地の荒くれた百姓どもであったようで……」

日中、家康ら主従も通ってきた宇治田原の手前に、木津(きづ)川の支流の青谷(あおたに)川が流れている。梅雪ら一行はその川を渡るべく、草内(くさじ)の渡しで下馬して、舟を待っていた。そこへ、一揆勢とおぼしき民の群れが押し寄せてきて、襲撃されたものらしい。

「近侍の衆ともども、穴山どのも得意の槍で応戦されたようですが、向かってくる百姓どもは、

あまりに多勢……ついに力尽きて、皆殺しにされた模様にござりまする」

服部の声は、戸口に立つ万千代や忠勝の耳にも聞こえてきた。

家康主従も宇治田原をすぎてから、いくどか野伏や土一揆の者たちと遭遇しかけたのだ。そのつど、長谷川が別の間道（かんどう）に一行を案内して、難は避けられたのだが、明日はどうなるか、わからない。

服部の手の者らは、渡し場に残された梅雪たちの亡骸（なきがら）を確認してきたとのことで、それによると、彼らは刀や竹槍、鎌などで滅多斬（めったぎ）りにされ、なますのごとくに切り刻まれたようだという。

そうであるならば、赤飯を喰わぬという万千代の考え、あながち杞憂（きゆう）であるとは言えなくなる……肩をすくませ、万千代はおもわず本多忠勝と顔を見あわせてしまった。


明けて、六月の三日。――

その後の京・上方の状況が気がかりだという長谷川秀一は来た道を引きかえすことになり、服部半蔵らにみちびかれて、家康らの一行はいよいよ伊賀の山々を越えにかかった。

だいぶ山懐（ふとこ）ろが深いと聞かされてはいたが、山みちは長くつづき、夏の盛りとあって、木々は生い茂り、足もとも見えぬほどに夏草が地面をおおっている。あたりはすべて、緑一色に染まっていた。

「半蔵、そなたらの案内（あない）なしには、とうてい進んではいけまいな」

愛馬に跨（またが）ったまま、家康が言い、そばにいた万千代ら小姓組の面々も、一様に顎（あご）をひき寄せる。長谷川に代わって忠勝とともに先頭を進んでいた服部が、後ろをふりかえり、

「……恐れ入りまする」

短く応えて、頭を下げる。

それからはだれも無言で、粛々（しゅくしゅく）と馬を駆った。

あたりは静まりかえっている。耳にはいるのは馬の蹄（ひずめ）の音と、小走りに付いてくる雑兵・人足たちの荒い息と足音ばかり……と、ふいに、行く手に大きな雄叫（おたけ）びとどよめきの声が響きわたった。

土豪か、野伏か。一本道の向こうで、そうした集団が家康主従を待ちかまえているのは間違いない。

服部の命をうけて、偵察に行った者が戻ってきて、

「あたりを支配する野伏の頭（かしら）にあやつられた百姓どもが、鎌や竹槍を手に手に、道をふさいでおりまする」

「して、その数は？」

と問う服部に、斥候（せっこう）が答える。

「はて、野伏どもとあわせて、四百……いや、五、六百はおりましょうか」

峠みちにたむろしているのは全体の一部で、大半の者たちは両側の斜面をおおった灌木（かんぼく）と草む

らに潜んでいるという。

「それは、ちとまずいな」

聞きつけた家康が、ひとりごちるように呟いた。

「四百でも当方の倍……それよりも、さらに多いのか」

「お屋形さま。案ずるには及びませぬ」

寄っていって、胸を張ったのは、井伊万千代だった。

「いかに数が多いとて、敵はただの百姓ばら……倍が三倍になろうとも、ただちに蹴散らしてみせましょうぞ」

言うさきから、功を焦ってか、一人、二人と家康ら一行のほうに近づいてくる影があった。ざんばら髪に鉢がねを巻き、竹槍をかざしている。まだ若い……少年のようだ。

そうと見て、万千代は少し迷ったが、最初に来た者が、家康を一行の大将と見たのだろう、騎乗した馬の脚を竹槍の先で払おうとした。

「殿、危ないっ」

咄嗟（とっさ）に剣を抜き、万千代は竹槍ごと相手を斬って伏せていた。ほとんど同時に、別の敵が背後に迫ったが、これも万千代はくるりと身を反転させ、胴を抜いて倒した。

その間、服部半蔵や本多忠勝もまた、襲ってくる相手を斬って捨てていたが、

「これはまさに、きりがない」

忠勝が洩らした。

けだし。万千代もさらに二、三人を打ち倒したが、敵はそれこそ、雲霞（うんか）のごとくに湧いてくる。偵察に行った服部の部下が言ったように、山の斜面のそこかしこに、まだ大勢の敵が隠れ潜んでいるのだ。

われしらず、ため息がこぼれる。そこへ、茶屋四郎次郎が駆けてきて、

「お待ちなされ、皆々さまっ」

と、賊とのあいだに割ってはいる。

何のことか。

いぶかしく思いながらも、万千代をはじめ、一同が刀をおさめる。それと見て、茶屋は家康のもとに寄り、

「野伏の頭との話はつきました」

と告げる。

これまた、何のことか、と万千代も忠勝も、いっそう怪訝（けげん）な顔をしたが、すぐに事情がわかった。

家康と茶屋四郎次郎清延は、まえまえから取り決めてあったのだ。

山賊はもとより、土豪だの野伏だのは金品欲しさに、縁もゆかりもなき者を襲う。怨嗟（えんさ）だの瞋恚（しんい）だのではない。そうとなれば、対処のほうも簡単で、たとえどこかで襲撃されたとしても、金（きん）

子で万事、片が付くのではないか。

そこで、ここでも根が商人の茶屋が動いた。

金子銀子の詰まった箱を抱え、荒くれ百姓を煽っているとおぼしき野伏に会いに行ったのだ。

「……案の定、やつは大喜びで受けとりました」

これで、とりあえずは一件落着であるが、いま万千代らの目前にいる者たちには、そのこと、いまだ伝わってはいまい。

そうと読んでいた茶屋は、小銭をたくさん懐中に忍ばせていて、

「それっ、者ども、銭じゃ、銭じゃぞっ」

あたり一面にばらまいた。と、それまで万千代らを睨みつけていた百姓たちが、地面のほうに視線を移し、腰を落として、われがちに銭の行方を追いはじめる。

眼から鱗が落ちるとは、このことか。

もとより察してはいたけれど、ときには銭金のほうが刀槍より、はるかに大きな力をもつ——それを、実感として思い知らされた万千代であった。


その後も家康主従は何度か、同様の賊徒に遭遇したが、そのつど、茶屋四郎次郎清延の金銭交渉で事なきを得た。

当地・伊賀出身の服部半蔵正成が、あらかじめ親類衆や配下の衆に、警護の役目を頼む、と申

し入れておいたことも大きい。

かくて一行は伊賀の山みちを越え、加太の峠から亀山郷を抜けて、その日のうちに白子浜に達した。

そして翌四日の払暁には、かねて家康が懇意にしていた廻船問屋・角屋七郎次郎が報せを受けて大湊より舟を差し向けてよこし、家康主従は無事、浜松の城へと立ちもどったのだった。

三

本能寺での異変後、当然のことながら、世の戦況・政情は慌ただしく動いた。

事の経緯は、遠い西国で毛利勢を相手に戦っている羽柴筑前守秀吉のもとにも、その日のうちに伝えられた。

この時点で、戦いが秀吉方に有利だったこともあるのだろう、家康や井伊万千代らの主従が、ほうほうの体で伊賀路を進み、浜松に帰着した六月の四日、毛利勢は秀吉側が申し入れた和議に応じた。

「城将の清水宗治どのには、腹を召していただく。また、速やかに開城いたすべし」

その代わり、織田勢は全軍、備中高松から兵を退く。

信長横死の報は伏せてのものであり、毛利方は、この条件を呑んだ。

二日後の六日、秀吉は早くも撤退を開始し、拠点としていた姫路城では軍装をととのえ、将兵を休ませたが、それもわずかに二日間。九日には進軍を再開して、山陽道をいっきに進んだ。そして途中、丹羽長秀の一隊と合流し、三万五千の大軍となって、十二日には摂津富田（せっつとんだ）に到着している。

これが、いわゆる秀吉の「中国大返し」だが、家康が案じていたようにはならず、有力な諸将が明智光秀にくみさなかったことも大きい。

細川藤孝・忠興の父子も、筒井順慶や中川清秀（きよひで）らも、まるで動かず、様子見に徹していたのだ。さきの丹羽長秀などは、秀吉方を利するべく、さらに一歩を踏みだしていた。四国征伐に向かうつもりで大坂に滞陣していた丹羽勢は、急きょ光秀の女婿である織田信澄（のぶすみ）を討って、明智方を窮地（きゅうち）に追いやっていたのである。

その日向守光秀はといえば、亡き信長の安土城を占拠していたが、

「秀吉軍、来たる」

との知らせを受けて、これを迎撃せんと京師の南西、山城国（やましろのくに）山崎の地へ向かった。

頼りにしていた諸将に見放され、一万五千と兵の数は秀吉勢よりも、はるかに少ない。

あまつさえ、秀吉は信長の遺児で三男の信孝（のぶたか）を伊勢から迎え入れ、「弔い合戦」の名目を立てて、光秀よりさきに山崎の要地・天王山（てんのうざん）に着陣していた。

十三日の夕刻、天王山の麓で、ついに両軍は戦闘を開始する。

「右府さまの仇討ちじゃ。正義・大義は、われらにあるぞ」

大音声を発して、秀吉は采配をとったが、はたして麾下の兵は、はなから士気高く、信孝の手兵をまじえて数のうえでも敵を圧倒している。

勝負はほとんど一方的になり、明智勢は壊滅。日向守光秀は、おりからの夜陰にまぎれて、少数の供廻りとともに戦さ場を脱し、京の北方、亀山城に落ちていこうとした。が、その退却行のさなか、小栗栖の村里で野伏に襲われた。

すでにして疲労困憊、力尽きていたのだろう、最後は野伏の繰りだした竹槍の餌食になって果てたという。

三日はともかく、本能寺での変事が起こった二日からこの日まで、十日ばかりの「ごく短い天下」ではあった。


その間、信長と同盟関係をたもっていた徳川家康も、黙っていたわけではなかった。

浜松に戻るとすぐに、家康は光秀討伐のための出陣の触れを出し、井伊万千代や本多忠勝、榊原康政など、手下の将や兵に戦さの支度をさせた。

だが、かの「伊賀越え」の疲れがたまっていたこともあって、思いのほか、手間取ってしまった。

家康勢が浜松を発って西進をはじめたのが、もう六月の十四日のことで、尾張の鳴海まで兵を進めたとき、放っておいた間諜が帰陣して、山崎での合戦の顛末と光秀の最期の様子を報告したのだ。

面長で、いつも紅い頬をし、眼は大きく落ちくぼんでいる……あの猿面の羽柴筑前守秀吉に、さきを超されてしまったのである。

そうとなれば、ここしばらくは中央での自分の出番はない。じつのところ、家康としても、

「機さえとらえれば、天下を窺う」

との思いはあるが、今はまだその時機ではなかった。むしろ家康は、

「こういうときだからこそ、地道に、おのれの周辺を固めておこう」

と考えた。

三河・遠江・駿河の三国を領した彼としては、さしあたり武田氏が滅びて太守不在の甲斐、信濃へと版図をひろげておきたいところだ。

ところが、その両国への侵出をはかる別の大勢力がいた。

関東・小田原の北条氏である。

北条方では二年ほどまえに氏政が隠居し、その子の氏直があとをついでいる。が、外交や戦略面では、なおも氏政が実権を握っていた。

その氏政・氏直らは、まずは信濃へ侵攻し、要所要所を押さえると、戸石城の真田昌幸らを糾合し、甲斐への南下をはじめた。他の信濃国人衆をもあわせると、その数は当初、三万とも四万ともいわれた。

天正十（一五八二）年の七月、負けじとばかりに家康も浜松を発ち、甲府さらには韮崎の新府をへて、若神子（現・山梨県北杜市）にたどり着いた。

その若神子で、信州から南進してきた北条勢と対峙したのだ。他の方面にも兵を割いたので、ここでの北条軍は二万、徳川軍は半分の一万で、数のうえでは明らかに劣っていた。

だが八月になってすぐ、黒駒の地で遊撃戦を展開して勝利し、おおいに士気を高めた。

これに加えて、北条方に付いていた真田勢が寝返った。

父の昌幸に信幸、信繁（幸村）の息子二人。彼らを味方にすれば、このうえなく心強いが、敵に廻せば厄介千万……。

かくして戦線は三月あまりも膠着したが、結局は徳川勢に本陣間近まで攻めこまれ、北条方は停戦を決意。十一月初め、一族で伊豆韮山城主の北条氏規を使者に立てて、和睦を申し入れた。

家康は北条方との交渉に応じることにしたが、このとき、和議の正使に井伊万千代を起用したのである。

賢明にして老練な自身の近侍衆・木俣清左衛門守勝を、家康は副使に任じて、補佐はさせたが、万千代はまだ二十二歳。初の大役であった。

もっとも、北条の側も、万千代より一つ年下の当主・氏直を海千山千の氏規が扶ける格好で、数名の重臣を連れて、会談の場である若神子は正覚寺の本堂に現われた。

ご本尊のおわす基壇をわきに、双方が向かいあって座す。

最初に口をきいたのは、北条氏直で、

「井伊万千代とやら、苦労であった……余と変わらぬ、その若さでこれだけの御役を任されたのじゃ。さぞや徳川どのの信任が篤いのであろう」

そうと告げたが、なにがなし、声がうわずっている。それで、かえって万千代は気が楽になり、莞爾(かんじ)としてみせた。が、双眸(そうぼう)はきっと氏直を見すえて、笑ってはいない。そのまま深く平伏してから、顔を上げて、

「わが殿のご信任がどうかはともかく、この場の交渉をすべて託された身にござりますれば、実らねば帰陣できぬ覚悟で参りました」

言上する。

それから、すぐさま具体的な交渉にはいり、双方の人質の交換や、離反者の釈放とその身の保全などが話しあわれ、ことごとく妥結(だけつ)した。

肝心の領土問題も、ほとんど対立することなく解決した。

甲斐の都留郡と信濃の佐久郡は徳川方のものとなり、上野国(こうずけ)はなべて北条が領有する。——

ただし、北条側がいちばんに欲しがっている沼田は、以前より真田昌幸の領地であり、こればかりは万千代の一存では決められない。

「この一件、おそらくは真田勢の意向・動向を見きわめたうえで、わが殿ご自身がご裁断なさる

かと存じまする」

やむを得ず、留保するほかはなかった。

この日はさらに、氏直に家康の二女の督姫を娶せるという取り決めがなされ、全体としての和議・和睦が成立した。

四

万千代は木俣守勝とともに帰陣して、さっそくに家康の御前へ行き、交渉の内容を報告する。沼田の件については、家康も困惑の表情を隠さずにいたが、おおかた満足した様子であった。

「良いか、万千代。そなたにもわかったであろうが、この種の仕儀は戦さよりも難しい……よって、こたびの功により、そなたには四万石を供しよう」

代々の井伊家で最高の俸禄であった次郎直虎の実父・直盛でさえも、二万五千石である。ついにそれを超えて、地方の大名に負けぬほどの扶持を拝領したのだ。

これにあわせて、家康は北条方との交渉時に副使をつとめた木俣清左衛門守勝ならびに、これも彼の近侍衆の西郷藤左衛門正友、椋原次右衛門政直の三人を、

「いずれも、そちの家老として、ふさわしい逸材であるぞ」

と言って、万千代に付与した。さらには、

「そなたにはこれまで、井伊の親類衆とその手兵のほかに、頼るべき部下はおらなかったであろう」

そう告げて、百十数名もの従士を新たに授けた。

じつのところ、そのうちの七十余名は武田の兵であった。

北条勢と対陣しているあいだに家康は、武田方の遺臣を九百名ほども雇い入れていたのだ。

ここが他の武将、とくに信長にはなかったところで、家康は敵に勝利しても無益な殺生は避け、およそ皆殺しなどにはしない。それどころか、能ある者を匿い、取り立てようとする。

わけても家康は亡き信玄入道を畏敬していて、入道の遺臣を多く召し抱えることで、彼の知謀や戦略、じっさいの戦さぶりを学ぼうとしていた。

そのことを家康は万千代にも伝えて、

「部下だからといって、侮ってはならぬ。そなたもぜひに、武田の遺臣どもから多くを学ぶが良いぞ」

「は、はぁ。この万千代、肝に銘じておきまする」

その万千代に付けられたのは、一条信龍、土屋昌恒、原昌勝、そしてかつて井伊谷を蹂躙した山県三郎兵衛昌景の配下だった者たちである。

「それとな、万千代。具足に旗指物、馬の鞍、鐙、鞭……武具は何もかも、余さず緋いろで統一せよ」

「緋いろ……赤でござりまするか」

「そう。赤よ。武田の赤備えを受けつぐのじゃ」

　このころ赤色は、精鋭の象徴とされていた。もとはといえば、武田氏譜代の将で、「猛虎」と恐れられた飯富虎昌がもちいたものであったが、飯富亡きあとは、その実弟である山県昌景が継承した。

　それをあえて使えと命じた家康も奇特の仁といえようが、喜んで受け容れた万千代もやはり、ただ者ではない。

　いずれ、「井伊の赤備え」の誕生である。

　このとき、最後に家康は言った。

「もう、よろしかろう、万千代よ。そなた、いい加減に元服したら、どうじゃ」

「……は？」

「元服して、嫁をとるのじゃ……相手は余に任せよ。わるいようにはせぬ」

「…………」

　かなりの間がありはしたが、万千代はうなずいた。

　数日後、家康立ち会いのもとに万千代は元服し、井伊直政と名乗ることになった。官名は曾祖
父の直平と同じ兵部少輔である。

「そなたの父や大伯父御も、なかなかの者ではあったが、直平どのにはかなうまいぞ」

と、これも家康が決めてくれたのであった。

二十二歳にして、ようやっと元服。これには、理由がないわけではなかった。

この八月の二十六日、万千代ら徳川勢が北条方と戦っていたさなかに、祐圓尼すなわち次郎法師直虎が逝去(せいきょ)したのである。数年来、少しずつ病いに蝕(むしば)まれていた結果ではあったが、報を聞いて、万千代は人目もはばからずに号泣(ごうきゅう)してしまった。

だがもはや、遠慮も気遣いも要らない。

いま改めて、井伊宗家の当主・井伊兵部少輔直政として、彼は先祖代々の菩提寺たる龍潭寺に参詣、

「妙雲院殿月泉祐圓大姉(みょううんいんでんげつせんゆうえんだいし)」

と記された墓碑のまえに立ち、こみあげてくる嗚咽(おえつ)を抑えて、養母・祐圓尼に向かって語りかけた。

……柄(がら)にも似合わず、北条との和睦交渉のお役なぞを引き受けまして、どうにか務めをなしとげ、四万石もの高禄を頂戴いたすことになりました。それに応じて、新たな家臣を授けられるとともに、栄誉ある赤備えにて戦陣に立て、とのお屋形さまの仰せです。

それもこれも、養母上のご忠言あったればこそ……そなたは先(せん)よりの譜代ではなく、新参者であることを忘れるな。そのぶん身を粉にして生命(いのち)がけでお屋形さまの御(おん)ために立ち働くのじゃ。

さらには周囲の方々に気を遣い、ゆめゆめ誹られることのなきよう心がけよ。

己の身に余る出世に関して、なるほど妬みそねみ、あれこれと申し立てる者がおることは間違いございませぬ。

お屋形さまが目をかけて下さっているのは、己にもわかります。一つにそれは、亡き信康さまのことがあるのでしょう。かの鍾愛のご子息と己とは、築山殿、いえ、曾祖父の井伊直平公を介して血がつながっておりまする。思えば、養母上も同じ血すじなのですが、何かの拍子にお屋形さまがじっと己を見すえて、そなたは信康に生き写しよ、とか、まるで信康がそこにおるようじゃ、なぞと仰せになるのは確かなこと。

元服のおりにも、お屋形さまの諱を一字頂戴して「直康」と名乗れ、とも申されましたが、謹んでそれは辞退いたしました。これまでよりいっそう、亡き信康さまと混同なされるのではないか、と危ぶんだがゆえのことです。

武田の遺臣を多く授けられた件でも、かようなことがございました。

三河譜代で己よりも一廻り余も年嵩の榊原康政どのが、お屋形さまの為されように憤られて、同じく古参で、さらに二廻り近く年長の酒井忠次どのに、ゆるせぬと訴えたそうです。それに対して、忠次どのは、お応えになったとか……万千代どのはお屋形さまに仕えてまだ日が浅く、家臣も乏しい。ためにお屋形さまは、武田の遺臣を貸しあたえた。彼ら剛の者を上手く使いこなせるか否か、その力量をわれら、とくと見せていただこうではないか、と。

それで榊原どのは納得されたようですが、さて、新生の赤備え、どれほどのものか、己ともども試されるときが、ほどなく来るように思われます。ご生前にも増して、養母上、しっかりとご照覧下さりませ。——

国もとの遠江にあって、井伊万千代改め兵部少輔直政がそうしているあいだにも、中央の織田家臣団の内部では、さまざまな動きがあった。

羽柴秀吉や宿老の筆頭・柴田勝家など、織田家の重臣たちが尾張国清洲の城につどい、信長の後継に関する評定をひらいたのは、本能寺の変そして山崎の戦いのあった天正十年、六月の末のことである。

嫡男の信忠が生き残っていたならば、当然、彼が跡目になって、織田家をついでいただろう。が、彼は父・信長が薨じた直後に、これも光秀勢に攻められて自刃している。

事は少々、面倒だった。

対象となるのは、二男の信雄と三男・信孝の二人。四男の秀勝もいるが、これはすでに秀吉の養子となっており、はなから問題にされていなかった。

柴田勝家は三男の信孝を推した。

ほんらいならば、二男の信雄のほうが有利だが、彼は明智方が去ったあとの安土城を接収したおり、明智の残党を炙りだそうとして、迂闊にも天守や本丸を焼失させるという失態を演じてい

る。その咎を勝家はあげつらい、

「ここは年齢ではなく、英明であることが、何より大事」

と指摘した。

「……その点、信孝さまこそがふさわしいと言えましょう」

そのじつ、勝家は信孝と親しく、おのれの今の地位・立場を万全にするためにも、信孝を擁立せんとしたのだった。それというのも、山崎での弔い合戦で、彼は家康と同様、後れをとってしまったのである。

これに対し、機先を制して光秀を討った秀吉は、二男・信雄を推すと思いきや、ちがっていた。自分の隣に座布団を幾重にも積んで坐らせた齢まだ三つの幼子を、ふいと両の腕に抱きあげて、

「信忠さまのご遺児たる三法師さまのほか、正統な後継者はござりますまい」

と言い放った。

たしかに三法師は信長の嫡孫に当たり、直系ということでは他に抜きんでている。しかし、あまりにも幼すぎた。今のような乱世、難局に対処できるはずもない。

こちらこそは、なおのこと、陰であやつろうとの秀吉の魂胆が透けて見える。

勝家と秀吉の双方ゆずらず、激しい舌戦がかわされたが、結果は秀吉側の言い分が通った。

その場には、ほかに丹羽長秀と池田恒興がいたが、もう一人の重臣・滝川一益は遠い関東での戦乱に巻きこまれていて、姿を見せない。そんなこともあって、さきの山崎合戦で秀吉に味方し

た長秀が、

「明智日向守を討ち、上さまの仇を取った者の言にこそ、理があると存ずる」

そう主張して、この諍いに決着をつけた。

その場ではほかに、信長の遺領配分の話し合いもなされ、信雄は尾張と伊勢の一部を、信孝は美濃を相続する。宿老では、長秀が若狭を安堵され、近江国の二郡を新たに領有。勝家が越前を安堵され、長浜城と北近江三郡を秀吉よりゆずられる、などといった具合に取り決められた。

秀吉は山城国を得ただけだが、家督ならびに安土城と近江国坂田郡を相続する三法師の後見人なのだから、実質の実入りは他の者より、はるかに大きい。

それに対する柴田勝家の憤懣を慰撫するかのように、亡き信長の妹・お市の方をおのれのもとに再嫁させたい、との彼の望みが満場一致でみとめられた。

それでも秀吉の強引なやり方には、信雄・信孝の兄弟、柴田勝家ともに、とうてい納得が行くはずがなかった。

そんな彼らの怒りを増幅させたのが、三月あまりのちの十月にとりおこなわれた京都大徳寺での亡主・信長の葬儀である。秀吉一代の大見栄を切ったかのごとき盛大さであったが、彼は信長の盟友であった家康はもとより、柴田勝家すらも、その法要によぼうとはしなかったのだ。

一触即発。

秀吉か、勝家か。雌雄を決する日は近い。

そうとなれば、火だねは上方のみにとどまらず、こちらにまでも飛んでこよう。

織田家旧臣らの話が伝えられるたびに、家康主従はそれを思い、いっそうに気を引き締めようとするのだった。

五

翌天正十一（一五八三）年の正月、直政は家康に言われたとおり、嫁を取った。

相手は駿河国三枚橋（さんまいばし）城の城主・松平周防守康親（すおうのかみやすちか）の娘である。この康親、元は松井という姓であったが、四年ほどまえに領内の一向一揆を平定させた功により、松平の称号をたまわった。

娘の名は梅。この梅姫を家康はひとたび、おのれの養女にしたうえで、直政に娶せた。

美形とまでは言えなかったが、梅姫は小作りで愛らしく、如才（じょさい）のない娘であった。

だが、世が世である。祝言も慎ましやかだったが、日々を、

「花嫁と悠々（ゆうゆう）、遊び暮らす」

といったこともしてはいられない。今日でいう「新婚生活」などは、考えられもしなかった。

それどころか、井伊万千代改め直政にとっては試練とも、また晴れの表舞台に飛びだす絶好機ともいえる戦乱のときが待ちうけていたのだ。

最初の火だねとなったのは、やはり旧織田家臣団の内訌（ないこう）であった。

昨年末に秀吉は北近江へ侵攻し、かつての自城・長浜城を攻略した。

琵琶湖東岸のこの城を、秀吉に委譲されると、勝家は養子の勝豊にゆだねていた。それを秀吉は五万の大軍をもって苦もなく落とすと、勢いを駆って美濃に転戦。勝家と組んだ織田信孝の居城・岐阜を攻めて、ほとんど一方的な和睦にもちこんだのである。

年明けには、同じく秀吉に不満を抱く滝川一益の所領である伊勢へと兵を進め、一益のこもる長島城を包囲して、降参させた。

それらの報をうけながらも、越前国北庄にいる柴田勝家は、歯軋りしながら手をこまねいて見ているしかなかった。

「この雪がやむまでは、どうにもならぬわ」

越前から北近江をへて畿内へと至る北国街道は降雪にとざされ、援軍を送るどころではなかったのだ。

三月、雪解けとともに柴田勝家は二万余の兵をひきいて出陣し、琵琶湖の北にそびえる賤ヶ岳の一角に砦を築いた。これに対して、秀吉は賤ヶ岳から二里（約八キロ）ほど離れた大岩山に陣を布く。

双方睨みあったが、この機を待っていたかのように、美濃では織田信孝が秀吉との和議を破棄して、挙兵する。

「おのれ、信孝。早くも約定を破ったか」

秀吉は大岩山砦を麾下の将に任せて、信孝を討つべく美濃国岐阜へと向かうが、その間に勝家勢は、秀吉方の砦を攻め落とす。

それと知り、さきの「中国大返し」並みの早業（はやわざ）をみせて、秀吉は北近江に軍をひるがえした。そのままいっきに賤ヶ岳をめざし、勝家の本陣へと攻めこんだ。

まさかの反撃に慌てて、まずは前田利家や金森長近（ながちか）らの兵が浮き足立った。これが引き金となり、勝家勢は雪崩（なだれ）を打ったようにして敗走をはじめる。

勝家みずから近臣を連れて北庄の城に逃れ、籠城戦をはかったが、秀吉勢は追撃の手をゆるめなかった。

万策つきた勝家は、お市の連れ子である茶々（ちゃちゃ）、初（はつ）、江（ごう）の三姉妹だけは脱出させたものの、お市の方や奥女中、近臣らをすべて天守閣にあつめた。そして彼らは一人残らず、紅蓮（ぐれん）の炎のなかで自害して果てたのである。

直後に、岐阜城の織田信孝もまた切腹し、みずから生命（いのち）を断っている。

信長のもう一人の遺児で、有力な後継者とみられていた二男の信雄も黙ってはいなかった。

天正十一（一五八三）年八月、秀吉は摂津の大坂に七層九重の大城郭（だいじょうかく）を築くことをくわだて、即刻、着工させた。十一月には毛利輝元を臣従（しんじゅう）させて、人質を大坂に送らせている。

そうして着々と「天下取り」の階梯を昇っていたが、その秀吉の、

「上洛し、出仕せよ」

との命を、さるごときの言うことなぞ聞くか、とばかりに信雄が拒否。秀吉と通じた、として、津川義冬、岡田重孝、浅井田宮丸の三家老を誅殺し、秀吉方と断交した。

それが天正十二年の三月初めのことで、信雄からの要請をうけて、家康もまた動いた。

「秀吉はひっきょう、亡き信長公の家来の一人にすぎぬ。それが公のご子息に出仕を命ずるとは、筋ちがいもはなはだしい」

というのが、家康方の大義名分であった。

家康は浜松で、出陣の準備をはじめた。

このころ井伊直政は、おのれにあたえられた新たな家臣や兵の取りまとめに追われていた。わけても武田の遺臣たちを上手く手なずけねばならず、ために、たびたび甲州や信州に出向いている。

三月七日に浜松を発った家康の本隊にも、途中、甲斐の宿陣から南下して合流したが、そのまえに直政は、木俣守勝ら三人の家老と井伊谷三人衆の手兵、そして武田遺臣のすべてをあつめて、血判を書かせている。

それというのも、

「このたびの戦さ、天下分け目とも申すべき熾烈なものとなりましょうが、もともと、わが方は劣勢……皆一丸となり、死ぬ気で戦わねばなりますまい」

その木俣の言葉のとおり、団結と忠誠がいつに増して必要だったからである。

何しろ秀吉はすでに京師をふくめ畿内全域を掌握。さらには越前や近江など、十以上の国々を領し、いざとなれば十万、二十万の兵を稼働させられる。

比するに徳川方は、三・遠・駿の三国に甲・信の五ヵ国。信雄の領国たる尾張と伊勢の一部を付加しても、秀吉の半分に満たぬだろう。

その不利な態勢で戦い、勝利するには、巧みな戦略と戦術、それと士気の高さが物を言う。

その点で、信長の遺児を扶ける徳川方のほうが、名分は定かだし、士気も旺盛だった。

また、いかに数のうえでまさろうとも、しょせん秀吉の陣営は諸国の衆の寄せあつめにすぎない。

三河譜代を中核とする徳川勢とは、そこがいちばんに異なるところだが、そういう「一致団結」を信条とする徳川のなかで、唯一、新たな軍団として戦うのが、井伊直政の一隊なのだ。

そうと見れば、

「具足から旗じるしまで、何もかもを赤で備えるが良い」

と、家康が直政に言ったのも、意味がないことではない。直政を中心とした全将兵の気持ちを、一体化させようとしたのである。

あまつさえ、家康は弱冠二十四歳の井伊直政を先手大将——おのれと行動をともにする本隊の先鋒役に命じた。

いかな肝の太い直政でも、これは、身震いを禁じ得ぬ大任である。

「さすがに荷が重うござれば……」

と、義父の松下源太郎を宿陣によんで、諸寺諸社を巡り、戦勝祈願をしてはもらえまいか、と頼んだ。

二つ返事で引きうけて、さっそくに源太郎は、近辺の寺や社を訪ね歩いた。むろんのことに、井伊家の菩提寺・龍潭寺は欠かせない。

おもむくと、噂を聞いて知っていた南渓和尚が、

「さればとて、かようなものを……」

用意しておいた、と「日月松」をかたどった軍扇を差しだした。

「これは井伊直盛公が天照皇大神宮よりたまわり、当寺に納められた宝物でござってな、先手大将が持つべき金銀細工の扇にござる」

和尚は松下源太郎に、

「深紅の旗には井の字の紋を、吹き流しには『正八幡大菩薩』の文字を染めるべし」

との忠言もし、さらに腕のたつ弟子を二人、直政隊の兵として付けてよこした。

一人は傑山といって、強い弓を引き、もう一人は薙刀名人の昊天だ。二人とも相応に学識のある名僧ながら、武の道にも長けていたのである。

道すがら、井伊直政隊をはじめ諸隊をあつめて、家康は十三日に尾張の清洲城にはいった。

そこで織田信雄と会い、軍議をもったが、なんと同日、頼りにしていた池田勝入斎(しょうにゅうさい)恒興にそむかれ、信雄は拠点とすべき濃尾国境の犬山(いぬやま)城を奪われてしまう。

そうなると、近江や美濃から侵攻してくる秀吉勢をふせぐには、どの辺が妥当か。

「小牧山(こまきやま)あたりが良いかもしれぬな」

絵地図を眺めながら、ちらと背後をふりかえり、家康は言った。すぐ斜め後ろに控えた直政は黙ったまま、大きく顎をひき寄せてみせる。

小牧山は犬山の南方三里(約十二キロ)ほどのところに位置し、どこまでも平野(ひらの)がひろがる真っ只中に、ぽつんと独(ひと)りそびえ立つ丘である。

展望にめぐまれ、頂上からは四方八方つぶさに見はるかすことが出来る。

「お父上の信長公も、いずれ、小牧に築城なさるおつもりでいたようですぞ」

父を引き合いに出されたのが利いたのか。あるいは家康ばかりか、そばにいた直政も、酒井忠次も、本多忠勝、榊原康政ら近臣の皆が推したせいもあってであろう。信雄も同意して、小牧山に最前線の砦を築くこととなった。

小牧が要衝であることは、敵勢とても、承知している。

この直後に、美濃金山(かねやま)城主の森長可(ながよし)が、犬山を越えて尾張に侵入、

「小牧に砦なぞ、築かせてなるものか」

と、すぐ北側の羽黒郷まで接近した。

長可はそこで岳父の池田恒興の軍勢と落ちあい、家康勢を襲うつもりでいた。が、間諜たちの報によって、それと察知した忠次らが逆に長可勢を急襲し、追いかえした。

結果、十七日には、予定どおり砦を築き、家康勢は小牧山を本陣としたが、三月の末、ついに秀吉が大軍をひきいて犬山の城にはいった。

そして家康方のこもる小牧の本陣と対峙する格好で、一里ほど離れた楽田に堡塁を構築し、四月初め、そこを本陣とすべく犬山城から兵を移した。

小牧山と楽田は、まさに指呼の間である。

しかし家康勢、秀吉勢、双方ともに討ってでようとはしない。どちらも完璧なまでに陣をととのえて、睨みあっている。

こういう場合は、先手を打つほうが危ない。まずは敵の出方を窺うというのが鉄則なのだ。

とくに兵の数で劣る家康勢は、迂闊な真似ができなかった。こちらは信雄勢を加えても、三万五千。秀吉勢のほうは、前線の兵だけならば、ほぼ互角だが、後詰めの兵や犬山の城兵までもふくめたら倍以上、八万近くにもなろう。

だが秀吉勢も、力攻めに押してこようとはしなかった。家康勢は精鋭で知られているし、さきに好位置を占めている。もとより尾張は信雄の領国であり、地の利も家康と信雄の連合軍の側にあった。

六

そうして両軍、向かいあったまま、しばらく膠着状態がつづいたが、しびれを切らして、さきに動いたのは秀吉勢のほうだった。

池田恒興と森長可の二人が、ちょっとした奇策を進言し、それを秀吉が受け容れたのだ。

「目下、徳川方の主だった部将らは、ここ尾張の小牧にあつまっておりまする……さすれば、徳川の領国警固のほうは手薄になっているはず」

それなら、別動隊を発して三河の岡崎や遠江の浜松を襲い、奪ってしまえば良いではないか、というものである。

「こちらの動きを察知して、家康勢が救援に向かったならば、わが本隊がそこを突けばよろしい」

別動隊としては、発案者の恒興に長可、それに秀吉の甥である三好信吉秀次（のちの豊臣秀次）の軍勢を充てる。さらに参謀格の堀秀政勢をあわせ、二万六千あまりの兵が三河へと向かうこととなった。

四月六日の夜半に池田恒興らの一行は楽田の本陣を出立、山間の道を進んで、七日の早朝、篠木に達した。

隠密裏に事を運ぶつもりであったが、何しろ大人数の行軍である。人目につかぬはずもなく、郷民の通報によって、彼らの動きは、その日のうちに徳川勢の知るところとなった。

ただちに家康は織田信雄、そして酒井忠次や本多忠勝、石川数正、榊原康政、そして井伊直政ら重臣たちを召集して、軍議をひらいた。

「池田勝入斎ら秀吉軍の別動隊のうらをかくのじゃ」

この家康の一言に異論をとなえる者はなかったが、そのためには、何をどうすれば良いのか。

「わが軍を三つの隊に分け、一隊は小牧の本陣を守る……他の二隊は勝入斎らを追う。追いついたら先陣と後陣の二手に分かれ、敵勢を分断して挟撃するのよ」

これで決まった。敵の奇襲隊を、さらに奇襲するのだ。

八日の朝。小牧山には酒井忠次、本多忠勝、石川数正らに六千五百ほどの兵を預けて残し、家康自身は織田信雄、榊原康政、井伊直政らとともに一万四千の本隊をひきいて、秀吉軍の別動隊を追走しはじめた。

いったんは先発と後発に分かれて行軍したが、夜半すぎには家康勢の本隊全軍が、小牧から三里（約十二キロ）ほど東南に位置する小幡城に集結した。

ここで改めて軍議をもって、敵陣を分断する具体策をねった。結果、予定どおり、本隊を二手に分けて、榊原康政、大須賀康高らに四千五百の兵をゆだねて、後陣とする。

「敵勢の最後尾を突くのが、そのほうどもの役割じゃ」

そして家康は残りの九千五百の兵をひきつれ、敵の先廻りをして、先頭部隊を襲撃する。直政と緋いろの甲冑をまとった彼の軍団は、この先陣のほうにいた。

先手大将・直政の出で立ちは、菱綴桶側胴具足。――

金色の半月の彫り物のほかは、兜も頬当も、喉輪、鎧、直垂、籠手と、何もかもが緋いろである。が、かすかに震える籠手のなかで、南渓和尚が松下源太郎を通して直政に託した「日月松」の軍扇が、艶やかな金と銀との輝きを発していた。


そのころ、秀吉勢の別動隊の先鋒である池田恒興麾下の兵は、滞陣していた篠木から夜陰に乗ずるようにして、さらに南進。庄内、矢田の両川を渡って、長久手を抜け、九日の未明には藤島村に到達した。

藤島の西北方には、徳川方に属している岩崎城があった。

すでにして城方には、敵の動きを知らせる家康からの伝令が走っている。

恒興勢が城下を通過するのを見て、城兵は威嚇射撃をはじめた。そのうちの一発が、なんと恒興の騎乗した馬の胴に命中し、馬は横倒しとなって、恒興は落馬してしまった。

からだに大事はなかったが、このままでは面目が潰れる、捨ておくことも出来ない。

「ええい。行きがけの駄賃じゃ。あの小城を攻め落としてしまえっ」

恒興は行軍をとめて、岩崎城の攻撃にかかった。

偶然の出来事ではあったが、これが家康勢には幸いした。

第一陣の恒興隊がとまってしまったために、つづく第二陣の森長可の兵は、藤島の手前の生牛原で足踏みせざるを得なくなる。第三隊の堀秀政隊はそこからなおも、だいぶ離れた金萩原にとどまった。

最後部の三好秀次隊などは、いまだ長久手にも達していない。堀秀政隊からさえも二里（約八キロ）近く後方の白山林に、とどめおかれてしまっている。

白山林は、さきに家康軍の本隊が集結した小幡城からも遠からず、家康が分けたもう一方の兵、榊原康政らの後陣が秀次隊のすぐ背後にまで迫っていた。

それとは気づかず、秀次麾下の兵たちは油断している。

家康や直政らの先陣は間道を来て、もう長久手に間近い色ケ根に布陣している。まさに、挟撃の絶好機であった。

家康勢の先陣と後陣は、緊密に連絡を取りあっている。

「今だ。今こそ、秀次隊の臀を突けっ」

合図を送るまでのこともなかった。

東の空が白み、見通しが利くのを待って、榊原や大須賀らの後陣隊は、秀次勢が陣を張る白山林に向け、一斉射撃を開始した。

数のうえでは絶対多数の秀次隊も、この突然の銃撃には、かなわない。だれもかれも、兵たちは慌てて敗走をはじめる。この騒ぎのなかで三好秀次はおのれが騎乗すべき馬を見失い、ほとんど供の者も連れずに、かろうじて徒歩で脱出することとなった。

すぐさきの金萩原には、堀秀政が陣していたが、秀次隊を追撃する榊原らの手兵を威嚇するように発砲するだけで、本格的な戦いを挑もうとはしない。家康のひきいる先陣——本隊が手ぐすね引いて待ちうけている、と読んでのことだ。

一方、秀吉勢の第一陣、池田恒興隊は岩崎城を落としたのち、後ろにつづく生牛原の森長可の一隊と合流。三好秀次隊の壊滅を知って、背進してきた。

そのころには家康の本隊も、先陣、後陣の兵をすべて取りまとめて前進し、富士ケ根一帯に散開して、迎撃態勢をととのえている。

家康自身の馬廻り衆に、井伊直政に預けた兵が約三千、これも無傷の織田信雄勢、それに榊原ら後陣隊の残兵をあわせて一万二、三千。

恒興と長可指揮下の敵兵もほぼ同数で、兵力は互角ながら、三好秀次勢を一掃したあとだけに、士気は家康勢のほうがはるかに高まっている。

「いよいよ、出番だ」

床几から腰をあげると、直政はおのれの軍装を確かめる。

菱綴桶側胴具足……兜も鎧も、籠手まで赤い。その手で、南渓和尚から託された寺宝の「日月松」の軍扇を、改めて摑んだ。鞍壺におさめ、愛馬に騎乗する。

全体は淡い鹿毛ながら、半月模様の黒毛が額に生えた駿馬である。これに直政は「黒半月」と名付けた。

背には、井の字を金文字で染めた深紅の旗を負っている。首を廻し、ちらと見てから、

「者ども、行くぞっ」

周囲に寄った部下の騎馬衆に声をかけ、真っ先に疾駆する。そのまま敵陣に突っこむと、大刀を引き抜いて、掲げ、振りおろす。

たちまち、二、三の敵兵が斬り倒され、突き倒される。

それと見て、負けじ、と戦さ場を駆け巡るのが、旧武田の遺臣たちだ。

皆が直政と同様、緋いろの甲冑をまとっている。

「さすがに、赤備えは目立つわい」

目立つぶんだけ、立ち働かねばならぬ。

それは、井伊谷三人衆の手兵や、家老衆の手の者も一緒だった。

そうでなくとも赤備えは、人の気分を昂ぶらせるものらしい。加えて、相乗の効、とでも言うべきであろうか。いずれかの軍団が動けば、他の軍団も動く。動かざるを得ない。

ほんらい文官で、家康が直政の「知恵袋」として授けた木俣守勝や西郷正友までが、本陣から離れ、直政の側に近づいてきている。

と、一人の敵兵が刀をかまえて、木俣の背後に迫っているのが、直政の眼の端に映った。いそぎ黒半月から飛び下りて、ましらのごとくに駆け寄ると、

「木俣、危ないっ」

口にしたときには、もう相手は地に倒れ伏していた。

ふりかえった木俣は、目顔（めがお）で感謝しながらも、

「殿っ。一隊の指揮官たる者が、足軽や雑兵のごとくに立ちまわってはなりませぬぞ」

直政の耳もとで呟く。どうやら彼はそれを告げるために、危険を冒して、この戦さの修羅場（しゅらば）に立ってきたようだ。

そうと知って、直政はふたたび騎乗し、後方に下がったが、依然、赤備えの者たちの奮闘ぶりはとまらない。

「やつらは人にあらず、鬼じゃ」

「赤鬼じゃっ」

恐れおののいた敵勢から、声が上がる。

なるほど、と大刀の代わりに軍扇を手にした直政は思った。ならば、こちらから叫んでやると良かろう。

「皆の者、敵兵に向けて大声を張りあげよ。われらは鬼ぞ、赤鬼ぞ、となし」

はたして直政の部下たちは口々にこれを叫びだし、それだけでもう敵は意気を阻喪（そそう）し、尻をからげるようにして逃げていく。

これまた、効果は覿面（てきめん）であった。

この長久手での戦いは半日とつづかず、家康勢の圧倒的な勝利に終わった。

開戦後まもなく、森長可が眉間に被弾して落命し、乱戦のさなかに池田恒興・元助の父子も討ち死にしている。

ただし、秀吉ひきいる大軍は、これぐらいではびくともするまい。そうとわかっているから、家康は手勢をまとめて早々に長久手を引きあげ、小牧の本陣へと立ちもどった。

その後、戦況はまたも膠着状態となり、持久戦の様相をおびはじめた。

ところが、五月にはいるとすぐに、秀吉は小牧からの撤退を決めて、大坂へと帰ってしまった。戦術を変えたのである。

堀秀政らの諸将に楽田や犬山城の守りを託し、おのれは織田信雄の所領の侵略に専念した。尾張の加賀野井城や竹ヶ鼻城、伊勢の神戸城、浜田城などをつぎつぎと落とし、ついには信雄領の過半までも秀吉の支配下におかれることとなった。

すでにして、信雄方としては、なす術がない。

十一月、お手上げ状態の信雄に、秀吉は和議をよびかけ、信雄は同盟者であるはずの家康には何の相談をすることもなく、和睦の締結に応じてしまったのである。

「おのれ、信雄め、さっさと離脱しおって……」

家康は井伊直政や配下の諸将のまえでは怒り、信雄を罵ってみせたが、内心では安堵してもいた。

数倍もの敵兵を相手の持久戦など、勝てるわけがないからである。

また、亡き信長の遺児たる信雄が離脱してしまったからには、戦さの大義名分が失われる。それ以上、秀吉勢と争う意味がなくなってしまうのだ。

家康は石川伯耆守数正を使者として、秀吉と信雄の双方に送りこみ、

「和議が成って、まことにめでたい……重畳至極にござる」

との賀詞を言上させた。

最終的な勝敗は天に預ける——要するに、この戦いは「痛み分け」ということで、決着をつけたのである。

第六章　常在戦場

一

小牧・長久手での秀吉勢相手の合戦、わけても長久手では、井伊兵部少輔直政と彼の麾下たる「赤備え」の軍団の奮闘ぶりが際立った。

ただし、局地戦はともかく、全体として徳川方が勝利したというわけではない。だから、いわゆる論功行賞とはちがうが、浜松に帰ってまもなく、直政はこれまで以上に多くの扶持を付与された。

二万石が加えられて、計六万石――押しも押されもせぬ、立派な大名の一人である。

これを直政に伝えたとき、家康は言った。

「こたびの戦さでは万千代、ずいぶんとそなた、名をあげたな」

兵部少輔直政と名乗れ、とみずから告げておきながら、家康はあいかわらず直政のことを、幼名でよぶ。しかし、それは親しみの表われでもあるし、例によって、おのれの幼時、そして今は亡き長子の信康の幼名・竹千代を重ねているのだとも取れる。

　嫌ではないから、口もとに笑みを浮かべて、

「殿のおかげにござりまする……あれだけ屈強の兵たちを、それがしのもとに預けて下さりましたのですから」

「ふむ。武田の遺臣らか。したが、あの者どもばかりではなく、もとからおる井伊谷（いいのや）三人衆や、これも余（よ）がそなたに授けた木俣清左衛門（きまたせいざえもん）らの手兵（しゅへい）も、戦さ場を疾駆し、暴れまくったそうではないか」

「……そのようでござりますな」

「赤備えが効いたか」

「効きましてござる。緋（ひ）いろの甲冑（かっちゅう）を身にまといまするると、なにか、こう、気が昂ぶり、からだが奮い立つようで……」

「敵から見ても、おそらく、怖い」

　家康はちょっと肩をすくめ、おどけてみせた。

「そのほうらを赤鬼とよんで、震えておったとか」

「われらは鬼ぞ、とこちらでも叫んで、脅してやりましたからな」

「なるほど。なかなかの軍師になったわい……武田の者どもから学んだか」

「はい。いろいろと教えてもろうておりまする」

「一軍の大将が部下どもに兵の使いようを教わる……良いことじゃな、それは」

人間、一生学問じゃ、と言ってから、身を乗りだして、

「しかし、万千代。無茶はいかんぞ」

声をひそめた。

「清左衛門や安藤彦四郎が申しておった……そなた、長久手ではみずから下馬して、敵と斬りあったり、ときには組打ちまでもしたそうな」

「はて、さようなことが……」

惚けてみせたが、家康はさらに直政のほうに近づいて、

「猪武者は、もうやめておけ……馬上にて采配をとり、兵どもを動かすことこそが、ほんらいの大将の役目なのじゃからな」

「それは、承知しておりまする」

「まぁ、木俣清左衛門もじつは危ういところを、そなたに助けられた、生命の恩人じゃとも言うておったし、こたびは余自身、進んで陣頭に立つなぞ、総大将にあるまじき仕儀にも及んだ」

周囲を眺め、他の近侍の衆が素知らぬ顔をしているのを確かめてから、

「じつのところ、余も猪は嫌いではないぞよ。猪突猛進、そなたの何よりの取り柄じゃ」

いっそう声を低くして、家康は片目をつぶってみせた。

「ただな、万千代。生命は大事じゃ。少しは自重するのじゃぞ、良いな」

「は、はぁ。心しておきまする」

応えて、直政はいつに増して丁重に平伏した。


甲斐よりそのまま小牧の陣へと向かう以前のことだから、居城を留守にして、はや十月近くになるだろうか。天正十二（一五八四）年の師走、久しぶりに直政は井伊谷の城館に戻った。

かつての梅姫、今は皆に「お梅の方」とよばれるようになった室の元気そうな顔を見て、一安心。さて、のんびり寛ぐかと思いきや、そうではなく、お梅に手伝わせて平服に着替えると、すぐさま、

「ちと出かけてくるぞ」

告げて、ふたたび外に出る。厩に行き、最前つないだばかりの愛馬・黒半月を引きだして、またぞろ騎乗すると、そのまま単騎、龍潭寺へと向かう。

その井伊家代々の菩提寺の住持・南渓和尚に会って、さきの戦さの経過を語り、軍扇や二人の豪傑僧を供されたことへの礼を述べねばならない。

さらには今後の井伊家のありようなどについても、相談しなければなるまいが、そのまえに久闊を叙し、挨拶と報告をしておくべき人がいる。

故人である。天正十年の八月に亡くなった祐圓尼、前井伊谷郷地頭の次郎尼法師直虎であった。

墓所に行き、祐圓尼の墓前にひざまずくと、直政は両の掌をあわせ、瞑目して、おもむろに語りはじめた。

……養母上、こたびの戦功に対する報奨で、何よりも嬉しく思いましたのは、われらが故地・井伊谷の所領を完全に回復したことでございます。もとより養母上ご存命のころより、実質はわが井伊の家のものでしたが、久しく近藤、鈴木、菅沼の三人衆の管掌のもとにありました。それが名目上も返還されることとなり、かの者たちには、代わりに上州や江州にある己の土地をあたえることとなったのです。

もう一つ、嬉しきことがございます。かねて己の昇進・加増を喜ばず、とりわけて武田の遺臣を数多く授けられしこと、不満に思うておられた榊原小平治康政どのがここへ来て、その態度を一変なされたのです。

己と手下の赤備えの者どもの戦いぶりをご覧になって、貴殿らのような赤鬼がともに戦さ場におるならば、何とも心強いわい、と本心から申されました。

どうにも気恥ずかしいのですが、小牧と長久手での合戦が終わったころより、ちまたでは「徳川四天王」なる呼び方がされるようになり、なんと酒井忠次、本多忠勝、榊原康政のお三方とならび、己もその一人にかぞえられておるようなのです。

他の方々はだれも皆、三河譜代。己一人が遠江の出で、新参者……にも拘わらず、今ではどなたも己を昔からの心友のごとくに扱うて下さります。そなたはもともとの三河武士ではない。そのぶんだけ、必死につとめなされ……その養母上の言いつけどおりに、これまで邁進してきたおかげでもございましょうか。

ただ、お一人だけ、やはり三河譜代で、お屋形さまが駿府の今川屋敷におられたころから近侍されていたという石川伯耆守数正どのが、己を冷視しているかのように思われます。

数正どのは、かつてお屋形さまのご嫡男・信康さまの傅役にして後見人だったそうです。その信康さまが故信長公の命により、ご母堂の築山殿とともに生害なされて以降、お屋形さまは内々、数正どのを遠ざけておられる、といった噂も聞かれます。

いつぞやも申しあげましたように、お屋形さまは亡き信康さまを己と重ねあわせて見ておられるような節があり、そんなことも数正どのには不興なのやもしれませぬ。

もとより数正どの、つい先立ってまで、われら徳川勢の大敵であった秀吉公の覚えもめでたいとのよし。さきの戦いの和議が成った直後、秀吉公がお屋形さまに、二男の於義丸ぎみを養子に貰いたい、と申しでたときにも、ぜひそう為されたし、と勧めました。そして数正どの自身の先導により、於義丸ぎみは、大坂城へと連れていかれたのです。

もっとも、他の重臣の子らとともに、数正どのの一子・勝千代どのもこれに従うて参られたのですが……。

秀吉公は於義丸ぎみを厚遇し、みずから立ち会って元服せしめ、羽柴秀康と名乗らせて、河内国内に一万石を授けたそうです。それでも人質であることに変わりはありませんし、秀吉の「秀」

を上にするとは何事ぞ、と榊原康政どのなぞ、たいそう憤っておりまする。

さような次第で、その康政どのや本多忠勝どのらとも、最近では数正どの、口もきかぬほどの不仲になっているのです。

あるいは、己一人が気に病んでいても、仕方のないことなのでござりましょうか。いずれ、このことが徳川のお家の大事にならなければ良い、とそれのみを案じておるのですが。——

その後はしかし、徳川方の周辺には何事も起こらず、大戦さもなくて、珍しく静かな半年がすぎた。

この間、家康は駿府をおのれの本城としようと決めて、新たに築城をはじめ、浜松と駿府のあいだを往復するばかり。たまさか同道を命ぜられはするものの、家臣たちは皆それぞれの居城や館、屋敷に戻り、てんでに好きな時間をすごすことが多くなった。

直政もまた、同様である。井伊谷の城館の自室に寝転んで、ひねもす書物をひもとく毎日であった。

戯(たわむ)れや暇つぶしでしているのかというと、そうではない。任務なのだ。

「かようなときにこそ、本格的に武田の軍法を学べ」

と、家康に言われ、部下となった武田の遺臣たちに申しつけて、入手し得る限りの戦術・戦略の書をあつめさせたのである。それらを開き、懸命に眼で文字を追っている直政を見て、

「殿が書物の虫になられた」

と、お梅の方は笑う。

「……おかしいか」

「おかしゅうございます。戦さ場にあっては、赤鬼だの猛虎だのとよばれて恐れられているそうな……そのような殿が、敵ではなく、書物と格闘されていようとは」

それでも、お梅の方は夫が戦役に取られることなく、日々、自分のそばにいることが嬉しくて仕方ないらしい。

「戦さなぞ、ほんとうに書物のなかだけのものであればよろしいのに……」

それも、一理。ことに女人にとっては、いちばんの願いなのであろう。だか、直政が軍法の書を読むことに明け暮れているのは、反対に、いつまた戦さがあっても不思議ではない状況におかれているからなのである。

じっさい、このところ、家康勢はおとなしくしていたが、秀吉のほうは活発に動いていた。

この春先には、紀州の根来や雑賀の衆を攻めて、一向一揆を征圧。夏には実弟の羽柴秀長に四国の長宗我部元親勢を攻略させて、こちらも征した。当の秀吉は越中の佐々成政と戦い、勝利している。

一方で「人たらし」で有名な秀吉は、京の公家衆にも取り入って、数年まえより少将、参議、大納言、内大臣と官位の階梯を昇っていたが、七月、前関白・近衛前久の猶子となり、ついに最高官位たる関白職についてしまったのだ。

これは時の朝廷から、「天下人」たることの証しを得たも同然の栄誉であった。

二

同じ天正十三年の夏に生母のさやが病没し、その葬儀も龍潭寺でとりおこなわれたが、喪主はさやの再嫁先の松下源太郎なので、直政としては格別、なすべきことは何もなかった。

悲しみは覚えたが、何故か養母・祐圓尼と死別したときほどではない。いつのまにか彼のなかでは、長らく自分の後見人として頼りつづけた祐圓尼――次郎尼法師直虎こそが、父であり母でもあるというような、そんな感覚が居着いてしまったのかもしれなかった。

実母の死と相前後して、のちに「第一次上田合戦」といわれる信州神川での戦いがあった。

閏八月から九月初めにかけて、二月ほどの間のことだ。

家康は大久保七郎左衛門忠世、鳥居彦右衛門元忠、平岩主計親吉の三将に約七千の兵をあたえて、真田昌幸と信幸・信繁兄弟の守る上田城を攻略せんとしたのだが、わずか二千の城兵に翻弄されて、追いかえされることとなった。

そこで九月の半ば、井伊兵部少輔直政は、家康から、

「五千の兵をもって援軍に繰りだせ」

との指令をうけた。

やれやれ、と読みさしの兵書を井伊谷において、直政は大久保忠世らが滞陣する佐久平(さくだいら)まで出かけたが、真田勢の奇襲に痛めつけられた先手の兵たちはまるで士気が上がらない。とくに「若獅子(わかじし)」とよばれる信幸の采配ぶりに怯(おび)えていて、意気消沈。すぐに立て直すには、無理があるようだった。

それで反撃の機を窺いながら、兵備をととのえているうちに、とんでもない報が届いた。

十一月、石川伯耆守数正が、家康から預けられていた岡崎城を打ち棄て、妻子や一族郎党を引き連れて逐電(ちくでん)したというのである。どうやら、ただちに西上して、大坂城の秀吉のもとを頼ったらしい。

直政をはじめ、信州の戦さ場にいた将のだれもが驚きはしたが、

「案の定……」

との思いもないではなかった。それほどまでに数正と他の家臣たちとの反目はひどく、関係が悪化していたのだ。

数正が重臣中の重臣だけに、なおさら痛手は大きかった。彼は徳川家の政事や軍事、家人にしかわからぬような極秘事項までも知り尽くしている。それだけに、

「即刻、秀吉勢を討つべし」

という強硬派の声も、おのずと掻き消されてしまった。数正の口から豊臣方に何が漏洩(ろうえい)される

か、わからなかったからだ。

ともあれ、急きょ浜松に帰った直政に、家康は言った。

「真田のことは、もう良い。後廻しじゃ……そのほうは井伊谷の城にこもり、兵書読みを続行してくれ」

それこそは「書物の虫」に戻れ、というのである。むろん、そればかりでは足りない。改めて、武田の遺臣たちに学ぶように、との指示も出された。

「どのみち、もはや従来の徳川の軍法では立ちゆかなくなっておったのじゃ。甲州流……最強といわれた武田の戦略・戦術を根こそぎ、われらが頂戴してしまうのよ」

これを家康は直政ばかりか、本多忠勝や榊原康政にも告げて、徹底させようとしたのだった。

石川数正の一件は棚上げの格好で、秀吉は家康に対し、積極的な懐柔策に打ってでた。

天正十四（一五八六）年の春、築山殿と死別して以来、家康が正室を迎えずにいたのを理由に、おのれの異父妹の朝日姫を、

「貴殿の後室にどうか」

と言ってきたのだ。露骨といえば、いかにも露骨なやり方で、家康と「義兄弟」となり、より親密になろう、というのである。さらには、それを機に上洛・上坂し、

「天下人たる関白に臣従して欲しい」

というものであろう。

だが朝日姫はすでに、四十四歳。俗な言葉でいうと大年増であり、子はないものの、長らく連れ添った佐治日向守なる夫がある。そういう夫婦をあえて離別させたうえで、秀吉は朝日姫を家康に再嫁させるつもりでいるのだ。

ふつうなら、断わるのが道理だが、そこまでして家康を抱きこもうという秀吉側の思惑を考えると、それもまた、難しい。

あとは力攻めしか残されてはおらず、軍事通の石川数正という存在を欠いた今、秀吉勢と戦うのは家康方にとっては、愚の骨頂。自殺行為と言っても、過言ではないのである。

家康は秀吉の申し出を受け容れた。受け容れざるを得なかったのだ。

五月半ばに朝日姫は側近の侍女らとともに浜松をおとずれ、ほどなく婚礼の儀式がおこなわれた。

列席していて、井伊直政は、花嫁の朝日姫が眼に涙をためているように感じたが、見間違いであろう、と思った。

ところが、ほどなく彼女の前夫たる佐治日向守が、自邸で切腹したとの報がもたらされた。

「朝日さまと別れるについては、秀吉公からまさに大盤振る舞い、たいそうな恩賞をあたえられたというではないか」

浜松の城の廊下で行き会ったとき、噂を聞いた本多忠勝が直政に耳打ちしてきた。

「……それでも日向守どのとしては、納得がゆかなかったのであろうよ」

直政は、家康との祝言の席で、朝日姫が泣いていたのを脳裏に浮かべ、やはりあれは見間違いなぞではなかったのだ……思いながら、

「関白さまも、酷いことをなさる方でござるな」

「酷い、酷い……ここだけの話じゃが、人たらしのようで人でなしじゃ。伯耆守のこともあるでな」

相づちを打って、卑劣な方です、と直政は言おうとしたが、抑えた。何はともあれ、相手は天下人、もしくはそれに、もっとも近いところにいるのである。

そのうちに家康は、修築させた岡崎城の別館に朝日を移住させて、おのれは浜松に暮らし、別居のかたちを取った。

「体の良い人質」

と、当の朝日も思っているので、一つ屋根の下に住んでいたときも閨房入りなどまるで望まず、この別居に関しても、一切苦言をもらすことなく、唯々諾々として従った。

その間にも、秀吉は頻繁に使者をつかわして、「義弟」の上洛をうながしてきたが、なおも家康は繁忙を理由に、腰を上げようとはしなかった。

さすがの秀吉も、業を煮やしたか。あるいは、はなから家康の頑なさを読んでいたのか、最後の切り札を出してきた。

九月になってまもなく、彼は「朝日の見舞い」を口実に、自分の母親——大政所を岡崎に向かわせる、と伝えてきたのである。

大政所は七十も半ばに達している。それを人質に出そうというのだ。常軌を逸している、としか言いようがないが、当の大政所が、

「娘がどうなっておるのか、心配じゃ」

と、見舞いを願っているというのだから、家康としては、またぞろ断わりようがない。あまつさえ、これを機に、秀吉は朝廷に対し、家康を権中納言に推挽してみとめられた。

浜松城大広間での評定の席で、そうしたことのすべてを腹心の酒井忠次や井伊直政らに話し、

「負けた……この戦さ、余の大敗よ」

最後に家康は呟いたが、まさに彼は、しぶとく追いすがる秀吉に「根負け」したのである。

家康は大政所の岡崎到着を待って、入れ替わりにみずから大坂へと出立することとする。こうなればもう、俎の鯉の心境で、関白・秀吉の目論見どおりに動くしか仕方がなかった。

大政所は十月の十八日に、岡崎に到着した。家康はこれを丁重に出迎えて、例の別館に通し、朝日と対面せしめる。そのあと、同館で盛大な歓迎の祝宴をもよおし、大政所を満足させた。

そのうえで二日後の二十日、岡崎を発って、一路上洛の途についたが、酒井忠次以下、本多忠勝、榊原康政など、主たる家臣を同行させることにしたのに、何故か、井伊直政は供のなかには

いっていない。

憤懣顔で家康の自室に押しかけた直政に、

「そなた、あれほど多くの兵書を読んでおきながら、大切なことを理解しておらぬな」

と、家康は苦笑する。

「最大の防御は攻撃にあり……逆も真なりでな、最大の攻撃は防御にこそあるのじゃ」

何やら禅問答めいているが、敵地――この場合は、太閤秀吉の待つ大坂の城だが――に向かうのと同じほどに、自陣にあって、そこを守る役目も大切なのだ、ということらしい。

「しかもこたび、そなたに託すのは留守居ばかりではない。太閤のご母堂・大政所さまの身柄を預かり、われらが戻るまで、しかとお守りせねばならぬのじゃ」

そう言われてみれば、なるほど、これも大任である。大政所の警護の役、他を差しおいて直政に厳命したのも、それほどの信任をおいているからであろう。

もともとは三河譜代だが、直政とは昵懇で頭の切れる本多作左衛門重次が手下の奉行に任ぜられたのも、有り難かった。何につけても、彼と相談し、ともに事をなしていけば良かったからである。

大政所と朝日の起居する館の周囲に薪や藁しべをびっしりと積みあげることにしたのも、直政と重次の二人で考えたことだった。

日ごとに直政と重次は、ご機嫌伺いとご用伺いのために大政所の居室に顔を出したが、あると

き、

「わかっておるぞよ」

突然に大政所が不快な顔をしてみせた。

「この屋敷を取り巻いた薪だの藁だの……あれは、わらわと朝日を烈火で炙(あぶ)り殺しにするためのものであろう」

「は、はぁ」

平伏はしたが、虚偽はもちろん、妙な弁解をするつもりもなかった。頭を上げると、直政はまっすぐに大政所の顔を見すえて、

「仰せのとおりにございまする。大坂に参られたわれらが殿……お屋形さまの御身に万が一のことでもございましたならば、あの藁しべに火打ちの火を点じるつもり」

「……やはり、な」

「されど、お待ち下されませ」

と、直政は背後に控える重次のほうをちらと見た。

「そのおりには、それがしはもとより、この作左衛門重次も、責をとって、おのが腹を掻(か)っさばきましょうぞ」

「燃えゆく屋敷のなかで、わらわや朝日ともども自刃(じじん)するのか」

「はい。士(もののふ)に二言はございませぬ。ここにはっきり、約定(やくじょう)いたしまする」

直政を見る大政所の眼が優しくなった。これで、この話は打ち切りじゃ……その眼で言ってみせてから、

「そういえば、ちと腹がすきました。すまぬが、湯漬けなりと頼めぬかのう」

「湯漬けでも鯛飯でも……何なりとご用命下さりませ。さっそくに奥女中に命じて、お運びするように手配りいたしましょう」

微笑で応えて、直政は一礼し、重次とともに立ち上がった。

三

翌十一月の半ばに、家康らの一行は岡崎の城へ帰ってきた。

その夜、家康は井伊直政と本多重次の留守居役二人を自室によんで、土産話でもするように関白秀吉のおのれに対する態度の変わりようを語ってきかせた。

「……大坂では関白どのの弟ご、羽柴秀長どのの屋敷の一廓を、宿所として供されたのじゃがのう」

着いた晩に、秀吉みずから、お忍びの格好で秀長邸をおとずれ、家康と面談した。そのときは、これが天下一の関白のすることか、と思われるほど卑屈な様子で、

「遠路はるばるようこそ、だの、この秀吉、一生恩に着まするなぞと申しておったがの……ふい

に、額を畳に押しつけるようにして、一つお願いの儀がござる、と言われたのよ」

「お願いの儀が？」

「さよう。早い話が、余に芝居を打ってくれ、ということだったのじゃがな」

自分はおのれ一人の力量で関白にまで昇りつめたが、もとは下賤(げせん)の出であるとして内心では蔑(さげす)む者も多い。そこで明日の謁見(えっけん)の場では、何とか自分を立てて欲しい――そんなふうに、秀吉は家康に頼みこんでいったのだという。

　翌日、大坂城の大広間で謁見したときの秀吉は、

「たしかに、別人のようじゃった……」

と、家康は明かす。傲岸(ごうがん)ともいえるほどに威厳をつくろい、上段の間に姿勢をただして座していた。そして、にこりとも笑わず、真顔のままに、こう申しわたしたらしい。

「向後は天下万民、平穏静謐(せいひつ)に暮らしていけるよう、余に手を貸し、おおいに尽くし働いてもらいたい、とな」

「それで、殿はどうなさったのです？」

「言わずと知れたことか……前の晩の関白どの、いや、関白さまとご同様、平伏して承諾してやったわい」

　告げて、家康は呵々(かか)と笑ってみせたが、眼は笑ってはいなかった。衆人環視のなかで、秀吉への臣従を演じてみせたのである。じつのところは、面白かろうはずもなかった。

ともあれ、家康が無事に上洛・上坂をすませて帰城したので、こんどは大政所をこれまた、つつがなく上方へ帰らせる必要があった。家康も、

「これまでお世話をしてきた万千代らが、お護りしてゆくのが最善であろう」

と言ったが、大政所自身、それを所望したようだった。

そこで、それぞれ屈強の供びとを従え、直政と重次の二人が送っていくこととなった。

このとき、粟田口まで老母を出迎えた秀吉と、直政らは初の対面をしたのだった。

「小牧・長久手の戦さ場では、たがいに会えんかったからのう……しかし、会わんで良かったわ」

開口一番、秀吉は軽口をたたく。

「桃太郎でもあるまいし、赤鬼退治なぞ、余にはとうてい無理じゃ」

相好を崩して、用意していた佩刀を直政に下賜する。

丁重に礼を述べたのち、千載一遇の好機とばかりに、直政は自分の実母は松下源太郎に再嫁し、おのれもいっとき松下家の養子だったことを明かした。

「なんと、そなたは、かの頭陀寺城におったというのか」

「はい。わずかなあいだですが、住まわっておりました」

松下家はもともと三河国碧海郡松下郷の郷主を始祖とし、縁戚のなかに松下加兵衛之綱という者がいて、かつては彼が頭陀寺城の城主をしていた。その加兵衛に、若き日の秀吉こと藤吉郎が取り立てられて、武家になるべく薫陶を授かったのだ。そういう話を直政は、義父の源太郎から

くりかえし聞かされていた。

「布子一枚身にまとい、木針売りをやっていた余を、拾うてくれた育ての親ぞ」

周囲にほとんど他人がいなかったこともあるのだろう、秀吉は本音をもらして、いきなり直政の手を取った。

「そなたと余とは、さような縁でむすばれておったのじゃのう」

そこまで言われては、直政としても疎んじることは出来ない。しかし、それと心をゆるすのとは、また別である。

その夕、大坂の城で直政や重次はたいそうな持てなしを受けたが、何を思ったか、秀吉はその饗応役に、石川伯耆守数正を任じた。

最古参ともいうべき三河譜代でありながら、家康公のもとを去り、秀吉の懐中に飛びこむとは……数正の逐電よりこの方、ずっとそう思っていただけに、その場では一切、直政は彼のほうを見ようとはしなかった。

「何よりも節義を重んじなされ」

それこそは、養母・井伊直虎が直政に向かい、口癖のように言っていた訓戒の言葉なのである。

師走の初め、駿府の城が竣工して、家康は主たる居城を浜松からこちらに移した。同じ師走の半ばすぎ、秀吉は朝廷より太政大臣に任ぜられ、藤原の姓を棄てて、豊臣を名乗ることにした。

明けて天正十五（一五八七）年の春、その豊臣秀吉は薩摩の島津義久を攻略して、ほぼ九州全土を掌中にする。

これで四国、中国、九州と、西国はすべて秀吉の支配下におかれた。

越後の上杉景勝も家康よりさきに秀吉に服していたから、家康が臣従したことによって、東海や甲信越までもが秀吉の傘下にはいったことになる。

だがなおも、関東と奥羽の地が残っている。

わけても堅牢な小田原城を拠点に、相模や武蔵はおろか、関東一円に君臨する北条勢は看過しがたかった。保有する領地は、二百万石をはるかに超えていよう。

当初、秀吉はこの北条氏に対しても、徳川方と同じように、懐柔策で従わせようとした。そこで二女の督姫を当主の北条氏直に嫁がせている家康に交渉役を託したが、容易に話が進展しない。

氏直はともかく、隠居した先代の氏政が、

「今はともかく、もともとは亡き信長の家来で、さるとよばれた秀吉ごときに屈するいわれはない」

と突っぱねていたせいである。

それでも家康は、何とかおのれの手で双方の間をまとめようと、奔走する。領国を安堵する、との秀吉の起請文を北条父子に送るなど、あれこれ取りなそうとしてみたが、父子の代わりに上洛したのは、氏直の叔父の氏規のみであった。

天正十六年の夏のことだが、それ以来、肝心の当主父子のほうは、さっぱり腰を上げる気配をみせない。

こうとなっては、関白太政大臣の面子（めんつ）もある、力攻めよりほか手はあるまい、と秀吉は考えた。

しかし北条を相手に戦さをするには、相応に名分が要る。

そこで利用されたのが、信州の真田氏である。

さきの徳川勢を翻弄した上田城の攻防戦のおりに、真田方は上州の沼田でも北条勢と戦い、沼田城を占拠していたが、天正十七年の七月、秀吉はその真田に対し、城と沼田領を北条方に返還するよう命じた。

これも一つに北条の父子を懐柔しようとしてのことだが、そのときの書状には、「但し書き」が付いている。真田氏にとってのゆかりの地だとして、

「名胡桃（なぐるみ）の城だけは別儀（べつぎ）である」

としたのである。

ところが、北条勢はこれを無視して、同年の十一月三日、名胡桃城を攻めて強奪した。

そのことが、秀吉の発布した「惣無事令（そうぶじれい）」に触れるのだ。

この法令は、秀吉が自分のみとめぬ争い事を禁じ、違反した者は豊臣氏が成敗する、というものだったのである。

名目は成った。

惣無事令違反を理由に、十一月の下旬、秀吉は全国の諸大名に向けて北条討伐の檄を飛ばし、それぞれの扶持に応じた出兵を命じた。徳川とても例外ではない。それどころか、距離的な近さもあって、先陣を申しわたされた。

かつては敵対したこともある真田勢が、秀吉の命により徳川方の組下となった。嫡男の信幸にいたっては家康の直臣に抜擢され、かの本多忠勝の娘・小松姫を娶っている。それも直政のときと同様、小松姫を家康はいったん自分の養女にしたうえで、信幸に嫁がせているのだ。

その真田の一族が、このたびの北条討伐の、いわば「導火線」となった。秀吉が家康に先鋒の役を託したのは、そういう経緯もからんでいるのだろう。

だが北条氏も、けっして柔ではない。

始祖の早雲以来、みるみるうちに版図をひろげ、ほぼ関東全域を支配している。拠点の小田原城は堅牢にして鉄壁、攻略するのは困難をきわめ、籠城でもされたならば、かなりの長期戦になるのは、まず間違いなかった。

「またも大戦さでございますか」

家康の直命をうけて、井伊谷の城館に戻り、兵員の確保や糧食の準備など、戦さの支度をはじめた直政に、小さな唇をこころなしか尖らすようにして、お梅の方が言う。

一年ほどまえに彼女は初子の女児を産んだばかりだが、このときも懐妊していて、すでにして

腹が丸みをおびている。その腹をおのれの掌（てのひら）で撫でながら、

「この子を父無し子なぞにはしないで下さいまし。さようなことになったら、永遠（とわ）に殿をお恨み申しますぞ」

「永遠に、とは恐れ入ったな。したが、大丈夫じゃ。わしも、もう、さほどに若（わこ）うはない……猪武者なぞと言われておったのは、遠い昔の話じゃ」

応えながらも、直政はふいに、大伯父に当たる南渓和尚といつだったか、龍潭寺の庫裏（くり）でかわした遣（や）り取りを思いだした。

直政は和尚に、

「士の常として、それがしは日ごろから戦さ働きのことばかり考えておりまする……仏法のことは心にかける暇（いとま）すらもないのですが、禅の道では、どのように申しておるのでしょう」

そう問いかけた。すると和尚は、眼をほそめて、

「禅の法とても、とくに変わったことを言うてはござらぬ。生死のことは大無常迅速（だいむじょうじんそく）……すなわち、移り変わりはあまりにも速く、何人（なんびと）とても、いつ死ぬるかはわかり申さず」

だからこそ、日夜工夫して自然と道理を得ようとするのだ、と言う。そのうえで和尚は、こんな禅の題（公案）を直政にあたえたのである。

「夜更けて戦場をすぎれば、寒月（かんげつ）白骨を照らす」

この言葉をまえに、直政は腕を組んで熟慮した。まさに、ここで言う白骨とは、おのれのこと

かもしれない。しかし結局、浮かんでくるのは「常在戦場」、それのみであった。

「武士が戦さ場にのぞんで、生死を決するのは、きわめて当たり前のこと……それが平常、日常とすら言えまする」

反対に、平時ですらもつねに、戦場にあるのと同じ心がけでおらねばならない。となれば、いつ何時、どこで死するかは計りがたい。

「さよう。南渓和尚、今ここで、それがしに法号を授けて下さりませ」

黙ってうなずくと、いつも用意してある筆をとり、和尚は短冊にすらすらと文字を書いた。

「祥寿院清涼 泰安」

清涼にして泰安など、常在戦場とはまったく相容れぬようだが、もしやしたら、ただの裏表。

それが、禅道の真髄の一つなのかもしれなかった。


生身の直政に法号を授けた僧・南渓も、つい二月まえの九月末に、入寂した。八十余年の長寿をまっとうしたのである。

「無事にお戻りになられて、新たに生まれてくる赤子をご覧になられまし」

なおも言いつのる妊婦・お梅の方の声が聞こえた。

「そうして、その手で抱きあげてやって欲しいのです」

「この手で？……赤子をか」

南渓和尚の生まれ変わり、とまでは言うまい。が、一つの生命が終わり、一つの生命がはじまる。これまた不思議なことだ、と直政は思った。

「殿。ぜひとも、お願いいたしまする。どうも、こんどこそは男子のような気がいたしますゆえ」

けだし。お梅の方の言ったとおり、これから数ヵ月後、彼女は男児を出産し、幼名は直政と同じく万千代、長じてのちは直継（さらに直勝と改名）と名付けられることとなる。

四

　徳川勢が駿府をあとに、相州小田原へと向かったのは、天正十八（一五九〇）年の二月十日のことだった。その数、約三万。先陣のさらに先頭を進んでいくのが、赤備えの井伊の軍団である。

　二十日ほど遅れて、三月一日には関白・豊臣秀吉が、じつに二十万もの大軍をひきつれて京を発ち、駿河の浮島原で徳川軍に追いついた。

　戦さはしかし、すぐにははじまらなかった。というより、難攻不落といわれる小田原の城内にこもったきり、北条勢はいっかな動こうとはしない。

「どうやら太守に重臣ことごとく頭をそろえ、日ごとに評定だの、軍議だのをひらいておるのだが、容易に結論が出ぬらしい」

　秀吉軍のあいだに、そんな噂が立って、これが「小田原評定」なる成句のもととなった。

そうとなれば、焦って小田原の本城を攻めても、仕方がない。秀吉の軍勢は、箱根の天嶮を扼する要衝・山中城をはじめ、関東の各地にある北条方の支城を着々と落としていった。徹底的な籠城策を決めこんだ小田原の北条勢に唯一、打撃をあたえたのが、今や徳川軍になくてはならぬ存在となった猛将・井伊兵部少輔直政であった。

常在戦場――お梅の方には、無事井伊谷の城館に戻って新たな赤子の顔を見る、と約束したが、やはり、手ぶらでは帰れない。もしや寒月にわが白骨をさらすようなことになっても、何の戦功も立てずに戻るわけにはいかなかったのだ。

家康ばかりか、直政は秀吉にも重視されていた。天正十五（一五八七）年秋には、その秀吉のお声がかかりで侍従に、同十六年の四月には従四位下に叙せられている。禄高だけではなく、官位のほうでも、徳川家臣中、いちばん高いのである。それに応えられるだけの仕事をしてみせねばならない。

六月二十二日の夜、直政と手下の兵たちは芦ノ湖の東岸にそびえる双子山を越えて、小田原の城北、宮城野へとたどり着いた。

ここから芦子川なる谷川を渡れば、城の一廓――篠曲輪に取り付くことが出来る。

「かの篠曲輪……捨曲輪ともよばれておる。何故だかわかるか、万千代」

この朝の徳川方の軍議の席で、家康が訊いた。

「はて、警固の兵がおらぬ。ことに夜間は見廻りの兵すらも姿を見せぬ、という話でございまするな」

「さよう。まさに捨ておかれておるというわけじゃが、何故、曲輪を固める兵がおらぬのだと思うか」

ふたたび問われて、直政は考えこんだ。が、どうにも理由がわからない。

「橋よ、橋……」

「……橋でござりますか」

「ふむ。危険な橋でな、橋桁のそこかしこが老朽化して腐っておる……下には芦子川の早瀬が流れておるというのにな」

つまりは敵にせよ、味方にせよ、兵が乗りすぎると崩壊する。曲輪内に達するまえに川に落ち、溺死してしまうというのだ。

そうと知ると、直政は部下に命じて、夕刻までにたくさんの舟板を用意させた。荷駄隊を組織して、それを川畔まで運ばせる。平たい板を荒縄で繋ぎあわせ、重ねあわせて、一種の浮き橋をこしらえあげたのである。

直政麾下の兵たちはつぎつぎと、そのにわか作りの橋を渡って、夜半すぎには曲輪の側面の城壁に達した。これをよじ登って、篠曲輪の内に至るや、直政は采配をとって、鉄砲隊に向かい、

「者ども、一斉に射撃せよ。撃て、撃てっ」

大声で下知した。

急な夜襲に驚いて、城兵たちは右往左往していたが、さすがは歴戦をへてきた北条の強者（つわもの）たち、標的となる松明（たいまつ）を捨てて、防戦しはじめた。

この戦いで直政方も三百名の戦死者をかぞえたが、敵兵のなかには慌てて崩壊した腐れ橋を渡ろうとした者も多く、北条方の損失は、溺れた者もあわせて七百余名。

まずまずの勝利であり、小田原城の外廓とはいえ、そこに「風穴（かざあな）」をあけた功績は大きかった。

これに勢いを得て、豊臣勢は伊豆韮山（にらやま）城、甲州道のかなめの八王子城、中山道の松井田（まついだ）城と順に陥落させていき、小田原の本城はみるみる孤立していった。

それでも、秀吉は総攻撃にかかろうとはしない。

「ここまで来たら、急（せ）くことはない。北条の父子が音（ね）を上げるのを、ゆっくりと見物しようではないか」

まるで物見遊山（ゆさん）にでも来たかのような言い草である。

じっさい、秀吉があつめた兵の数は、二十数万。彼らの腹を満たすに足る二百日分の兵糧米（ひょうろうまい）を用意し、近くの清水（しみず）や下田（しもだ）の湊には、新たな武器弾薬や食糧がなおも続々と運ばれてきている。

だいたい彼は、はなから長期戦を見こしていて、小田原城とは目と鼻の先の笠懸（かさがけ）の山々を切りひらき、八十日間、のべ四万の人員を要して、一つの城を築き上げてしまった。それも、半端な城砦や出丸（でまる）などではない。

秀吉みずから石垣山城と名付けたのだが、四方を石垣で囲んだ東西百九十間（約三百四十五メートル）、南北百十間（約二百メートル）という大規模な城廓である。

本丸に二の丸、三の丸。東西南北に大曲輪、ほかにも中小の曲輪がたくさん張りめぐらされている。

それだけの城であれば、いくらでも収容できる。秀吉はそこに将兵ばかりか、商人や職人、茶人、芸人などをよび入れ、遊女までもおくことにした。

茶会に酒宴、歌舞音曲……何でもあり、というわけである。

あまつさえ、麾下の諸将に対しては、

「そのほうら、このままでは夜が淋しかろう……国もとから室でも妾でも、まねくが良いぞ」

そう言って、自身、見本となるかのように、側室の淀殿（茶々）をよび寄せて、閨房の相手をさせている。

うるさく言われて、家康も何人かの側女をまねいたが、直政だけは頑として拒んだ。

少しまえに、お梅の方が男子を出産したという報が届いた。嫡男である。じつは、相前後して庶子の男児も生まれている。

「そんなときに……」

他の女人はよべぬ、とも思ったが、それより何より、いつ何時、白骨と化すかわからぬ戦さ場に、女性は無用、と直政は本気で怒っていたのである。

そうやって間近の城で悠然とかまえ、北条勢が疲弊するのを待ちながら、一方で秀吉は別の工作もおこなっていた。

関東が落ちれば、つぎは北の奥羽というのが、順序というものである。

北条のように対決するか、それとも血を流すことなく、早々と豊臣に臣従するか。

二者択一であるが、目下の戦況を見れば、豊臣方が絶対的に優勢であるのは、火を見るよりも明らかだった。

それかあらぬか、奥州に覇をなす陸奥の伊達政宗がついに秀吉の陣中をおとずれ、豊臣の軍門に下った。耳にして、これも徳川勢の軍議の席上、

「頼みの綱の伊達どのの支援が得られぬとなれば、もはや北条も風前のともしびにござりまするな」

直政が告げると、家康は何がなし複雑な表情をしながらも、ゆっくりと顎をひき寄せた。

その直政と彼の軍団による篠曲輪への奇襲攻撃の成果も、確実にあった。城兵の士気は衰え、糧食も尽きて、北条勢は追いつめられていた。

かつての友軍・伊達勢に裏切られたのに加え、重臣・松田憲秀が豊臣方に内応し、ついで武蔵国忍城の成田氏長も降参。北条氏政・氏直の父子はいよいよ孤立し、七月五日、降伏することとなった。

井伊直政が榊原康政らとともに小田原城の受け取り役に任ぜられ、十日には家康が、十三日に秀吉が入城し、豊臣方の勝利は決定的なものとなる。氏直は家康と対面、部下や女子どもの生命と引き替えに、父と自分が自刃することを伝え、

「督姫どのはご無事ゆえ、そちらへお返し申す」

そう言ってきた。

家康からそれを聞くと、その心中をおもんぱかってか、秀吉は強硬派の父・氏政には切腹を命じたものの、氏直は助命し、叔父の氏規らとともに、高野山での永蟄居（ながちっきょ）を科すのみですませた。

小田原入城後、秀吉はただちに論功行賞をおこない、家康には北条の旧領である関東六ヵ国――伊豆、相模、武蔵、上総（かずさ）、下総（しもうさ）、上野（こうずけ）と、近江など他にも飛び地がいくつか、あたえられた。

そして、これまで徳川方が領有してきた東海三国に甲・信の両国をくわえた五ヵ国は返上させて、織田信雄（のぶかつ）にゆだねることが決まった。

そうした恩賞に関して、徳川の家臣の大半は、

「先祖代々住みつき、暮らし、馴染（なじ）んだ土地を奪われるように感じまする」

と反対したが、「天下人」の裁断である以上、それに逆らえる道理もなく、だれも皆、あきらめるほかなかった。

郷里は離れねばならなかったが、この「小田原の陣」でも獅子奮迅（ししふんじん）の活躍ぶりをみせた井伊直政には家康より、上州箕輪（みのわ）十二万石が授与された。

正確には箕輪に六万、安中と和田（のちの高崎）で六万、あわせて十二万石だが、古参で三河譜代の者たちよりも高く、徳川家臣団中、最高の俸禄となった。

ちなみにこのとき、本多平八郎忠勝は上総大多喜に十万石、榊原小平治康政は上州館林に同じく十万石を授けられている。

五

関白太政大臣・豊臣秀吉は関東の雄といわれた北条氏を滅ぼし、伊達や最上など、奥羽の有力者たちもほぼ平定して、満天下を掌握、乱世に終止符を打った。

天正十八（一五九〇）年の秋。——

北条の旧領をあたえられた徳川家康は、武蔵国の東南、海湾に面した江戸の地を本拠とすることに決めた。そして改めて縄張りし、築城するなど、江戸の開発と経営に専念しはじめた。

上州箕輪城は、その江戸から北へ四十里（約百六十キロ）、榛名山の南麓、榛名湖畔に位置している。

もとは土地の豪族・長野氏のものだったが、いっときは武田勢に占領され、その武田が壊滅すると、北条氏が支配し、氏政の弟で氏直の叔父に当たる氏邦が城主をしていた。

それがまたもや主が変わり、今や徳川の重臣となった井伊直政と彼の一族郎党が、新たな町作りに着手しようとしていた。

もっとも直政自身は、そうそう悠長にかまえてもいられない。

まだ参勤交代が法制化されるまえのことではあったが、平生は家老の木俣清左衛門らに城の差配をゆだねて、おのれは家康の居城のある江戸に詰めていなければならぬことが多かった。

その間、上方では主に豊臣家の内部で、さまざまな動きがあった。

まずは天正十九年の正月、兄・秀吉の手足となって豊臣政権をささえてきた秀長が病没。ついで翌二月の半ば、信長、秀吉と二代にわたって茶頭をつとめてきた千宗易こと利休が、堺に追放となり、月末には自決させられている。

一つに、茶器売買で不当な利を得ていること。もう一つは、豊臣家ゆかりの京都大徳寺の山門に、おのれの木像を安置したこと――それが、利休が死罪を科された表向きの理由だったが、だれもそんなことを信じてはいなかった。

「利休どのは茶人としての分を超えた……関白さまや、豊臣のお家のことを知りすぎたのよ」

「関白さまの政事にまでも、あれこれと口を突っこんでおったそうじゃからのう」

直政ら徳川の家臣のあいだでも、そうした噂が飛びかっていた。

じっさい、小田原の陣のさなかに秀吉の傘下となった伊達政宗の扱いをめぐっても、秀吉勢のなかで二つに意見が分かれたことがある。利休そして家康、前田利家などは伊達を擁護したが、石田三成ら秀吉子飼いの者たちはみとめなかった。

結局は利休や家康の意見が通ったのだが、それが禍根（かこん）となって残っているのは疑いない。世がとりあえず平穏になって、石田三成や増田長盛（ましたながもり）、長束正家（なつかまさいえ）ら実務型の近臣が重んじられるようになったこともある。三成らの一派は秀吉の愛妾（あいしょう）・淀殿に近づき、その増長ぶりが他の者の鼻につくようにすらなっているのだ。

同年の五月には、陸奥で「九戸（くのへ）の乱」が起こった。

秀吉の甥の豊臣秀次を総大将にして、蒲生氏郷（がもううじさと）や浅野長政（ながまさ）らとともに、徳川方の一将として直政も出兵。奮闘して九戸城を落とし、「乱」をおさめたが、直政は城主の九戸政実（まさざね）が叛乱（はんらん）をくわだてたとは思っていない。

政実はただ、自分の領地と城を守りたかったにすぎないのだ。

それを主張して城にこもった九戸勢、そのわずか数百の兵を五万の大兵をもって攻めるとは……不可解な利休の死罪の件とあいまって、このころから直政のなかに、秀吉への不信感が兆（きざ）し、しだいに膨らんでいった。

秀吉の朝鮮侵攻も、家康主従の不興を買った。

もはやこの日の本に、わが豊臣に抗し得る巨大な敵はない。そういう奢（おご）りと、広大な半島、それ以上に大きな大陸の明（ミン）――これを征することで、おのれの家臣団により豊かな恩賞を授け、豊臣家の将来を安泰にする。

そんな目論見が当初、秀吉にはあったのかもしれない。が、その気勢を削がれるような事態が生じた。

同じ天正十九年の八月、秀吉が五十三という高齢でもうけた淀殿との間の息子、鶴松が、齢三つで急死したのである。

いそぎ甥の秀次を養嗣子と定めると、秀吉は、国内の政務に追われる関白職を彼にゆずり、自身はこれを辞した者を意味する「太閤」の地位についた。

そして年明けを待つようにして、勅命にもとづき、諸大名に向けて、

「朝鮮へと出兵する」

との令を発した。

年号が文禄と改まったことから、これは「文禄の役」とよばれている。

江戸や関東での領国支配が、ようやく端緒についた矢先である。徳川家では家康はもとより、直政をはじめ、ほとんどの家臣が朝鮮侵攻に反対したが、それで通せるはずもない。

不幸中の幸い、とでも言うべきか。

秀吉は、肥後宇土の小西行長、熊本の加藤清正、大隅の島津義弘、安芸の毛利輝元など、朝鮮に近い西国の大名を中心に渡海させることを決定。家康ら東国の諸将は「予備軍」のような立場におかれたが、それでも渡海の拠点となる肥前名護屋には着陣し、秀吉のもとで半島での戦況を見守る必要がある。

家康にひきいられた徳川軍は二月初頭に江戸を出立、四月には名護屋に到着して、ほどなく秀吉の本隊と合流した。

ただし、この徳川軍のなかに、井伊兵部少輔直政の姿はない。彼が朝鮮侵攻反対派の急先鋒だったこともある。が、家康は自分が不在中の江戸城の警固も、最優先課題の一つにしていた。

「中納言（嗣子・秀忠）はまだ若い……一朝何か事が起きたときには、どうにも対処できぬじゃろう。兵部少輔、そなたが秀忠を扶けてくれ。頼んだぞ」

そんなことで、直政は江戸城の留守居と普請の役目を仰せつかったのだが、家康らが旅立つ直前に、直政が家康と「本当の縁戚」になったことも、そこには少なからず関係していよう。

この文禄元年の春に、直政の娘が、家康の四男で秀忠の実弟たる松平忠吉に嫁いだのだ。忠吉が元服して、武蔵国忍に十万石を領したのを期しての婚礼であり、花婿は十三歳、花嫁はまだ八歳であったが、徳川家と井伊家の仲は、これでいっそう深まることとなったのである。

家康は一年と八ヵ月ほども名護屋に滞陣したが、半島での戦況は一喜一憂、何とも定まらないものであった。

最初にもたらされたのは、日本軍の大勝利の報である。

総勢二十万余の大遠征軍は朝鮮半島の東南端、釜山浦に上陸して、連戦連勝。またたくまに慶尚道を北上して、ついには京城（ソウル）に迫り、これを占拠する。

ところが緒戦こそ、李朝政権の衰退もあって、快進撃をはたせたものの、そのうちに日本の遠征軍は失速しはじめた。

わけても海戦は惨敗の連続で、李舜臣のひきいる亀甲船に翻弄され、内陸の戦いでも明国軍の参戦により、形勢は逆転。たちまち遠征軍は、苦戦をしいられるようになった。

文禄二（一五九三）年になると、秀吉は講和の検討をはじめるが、ちょうどそのころに淀殿がまたも懐妊したとの知らせが届く。

急きょ秀吉は帰坂し、八月の初めに男児・拾が生まれるが、皮肉といえば皮肉なことに、この実嫡子誕生の事実が、豊臣家が瓦解の道を歩みはじめるきっかけとなった。

二年後の文禄四年の夏、家康をはじめ、全国の諸侯のもとに、

「関白・秀次に謀反の動きあり」

との弾劾文がもたらされるのである。ために死罪を科す、というのだが、その予兆は少しまえからあった。

秀次の奇矯な言動に関する風評が飛んでいたのである。

曰く、先帝崩御による戒身精進の期間中に生鶴を食し、慎むべき歌舞音曲の催しをもっている。また曰く、咎なき者をいたずらに折檻し、ときには殺傷の沙汰に及ぶ。――

それが、どこでどう「謀反」とつながるのかは、わからない。が、秀吉の拾に対する溺愛ぶりは尋常ではなく、秀次の荒れた行状もそれにからんではいたのだろう。同年の七月八日に、秀吉

は秀次の「関白・左大臣」なる官職を剝奪して、高野山へと追放する。七日後の十五日には、福島正則らを検使役として派遣し、秀次に切腹を命じた。

さらに、である。

八月にはいってまもなく、秀吉は秀次の妻妾子弟子女を残らず捕らえて、秀次の首級がさらされた京の三条河原で、斬殺せしめた。その数三十余名に達し、なかには首を刎ねられるまえに精神に異常を来たし、嗤い叫ぶ者まであったという。

それを聞いて、江戸の直政などは、

「狂気に陥ったは、それらの女子どもではない。太閤のほうではないか」

眉をひそめたが、同時に、秀吉を核とした豊臣の一族が、内側から崩れ落ちていく光景が見えるような気がした。

そうして残酷なまでの身内に対する粛清をおこないながら、秀吉は家康らの諸大名に、

「御ひろい様へ対したてまつり、いささかも表裏別心を存ぜず……」

という血判の起請文をしたためさせた。

西国は毛利輝元に、東国は徳川家康に管掌させる、といった人事上の気配りもおこたらず、翌慶長元（一五九六）年の五月、家康は内大臣（内府）の官位を得、正二位に叙せられている。

ところが、それからわずか三月後の閏七月十三日、畿内一円が大地震にみまわれてしまう。伏見城の天守閣が破壊され、方広寺の金箔の大仏が大破するなど、数々の被害を出した。

のちに「慶長伏見地震」と名付けられ、

「あの地震が、豊臣家の滅亡を早めさせた」

とまで言われたほどの直下型大地震であった。

そして九月、ようやく明からの使者が来日したが、携えてきた文書には、日本側がもちだした和睦の条件に関しては、ほとんど触れられていない。秀吉は激怒して、再度、朝鮮への出兵を強行した。

慶長二年の正月、加藤清正、小西行長ら、十四万の遠征軍を改めて渡海させたもので、こちらは「慶長の役」とよばれる。

この年、家康の命により、直政は七年間居した箕輪の城を離れて、同じ上州の和田に新たに城を築き、移り住むこととなった。

「榛名の麓の箕輪は風光明媚にして、静かな良いところだが、便が悪しく、繁華な城下を営むには無理があろう」

その点、和田は中山道と三国街道が間近で交差する要衝である。そこに家康は目をつけたのだ。

もっとも和田は古くより着目されていた土地で、鎌倉期に源頼朝の御家人・和田義盛が築城して和田の名がつき、その後は武田・上杉・北条三氏の争奪の場となった。

結果、最後は北条方の手に渡ったが、その北条が滅びてのちは廃城となっていたのだ。

そこに直政は、烏川や赤坂窪田の湿地帯を天然の掘割のごとくに利して、東西二百八十間（約

五百九メートル）、南北二百四十六間（約四百四十七メートル）の宏大な城廓を築いた。そして、

「わが望み、天の高みまで届け」

との意味をこめ、高崎城と名付けたのである。

慶長三年の三月、秀吉は京都の東南、醍醐（だいご）の地にある名刹（めいさつ）・三宝院（さんぼういん）で花見の宴をひらいた。

境内のそこかしこに泉水や滝をこしらえ、橋をかけ、数百本もの桜の銘木を植えて、いくつもの茶屋を設けた。

拾改め秀頼はもとより、北政所（きたのまんどころ）、淀殿など、正側室をすべて伴い、主な大名をまねいての盛大な宴であった。

だが、その「醍醐の花見」こそが、秀吉最後の大見栄（おおみえ）の舞台となった。

五月五日、秀吉は、改築成った伏見城の大広間に諸大名をあつめ、端午（たんご）の儀礼をおこなったが、その式の直後に倒れ、床（とこ）に臥（ふ）すこととなった。

三月後の八月五日には、徳川家康、前田利家、毛利輝元、宇喜多秀家（うきたひでいえ）、上杉景勝の五大老、石田三成ら五奉行をことごとく枕頭（ちんとう）によんで、またぞろ、秀頼を奉ずるとの誓書をとりかわさせた。

そのあとに、かの有名な、

「つゆと落ち　つゆと消えにし　わが身かな
浪花（なにわ）のことも　夢のまた夢」

この辞世の歌を詠み、同月十八日丑の刻、太閤・豊臣秀吉は伏見城にて六十二年の生涯をとじたのである。

六

それから二年をへた慶長五（一六〇〇）年の七月、井伊兵部少輔直政は他の幾多の将とともに、家康が「会津征伐」の拠点とさだめた下野は小山の本陣にいた。

会津は家康と同じ豊臣家五大老の一人、上杉景勝の領地である。

太閤秀吉亡きあと、天下の政事はその五大老と五奉行が協力しておこなうこととなった。が、実質は秀吉の遺児・秀頼を擁して大坂城に伺候する前田大納言利家と筆頭奉行の石田治部少輔三成に牛耳られ、大老職の筆頭でありながら伏見城に詰める内大臣の徳川家康には容易に出る幕がなかった。

家康もしかし、負けてはいない。

くみしやすし、と見た諸大名を縁戚としたり、所領を安堵または加増するなりして、あれこれと工作をはじめたのだ。

当然のことに、

「亡き太閤殿下のご遺志に反する行為である」

として、利家や三成らは家康を糾弾する。

二人の側には、秀頼の生母・淀殿は別格として、毛利輝元、上杉景勝、宇喜多秀家の各大老。それに小西行長、佐竹義宣、長宗我部盛親といった諸大名がついていた。

一方、家康方には、藤堂高虎や福島正則、池田輝政、黒田如水孝高・長政の父子など、武功派の面々が加担している。

そのそれぞれが手兵を有していたから、今にも上方で戦さがはじまりそうな気配であったが、利家以下四人の大老に、三成ら五奉行のすべてを敵に廻すのは、家康にとっては絶対的に不利。そうと読んで、家康は、

「生前に太閤殿下の定められた法度を遵守する」

といった旨の誓詞を彼らに対し、差しだした。

それで一件は落着したかにみえたが、秀吉が薨じた翌慶長四年の閏三月三日、以前より病みがちだった前田利家が臨終におちいり、逝去した。

言ってみれば、利家という大きな箍が外れたのである。家康にも、それは幸いだったが、その機に、以前より実務派の三成を憎悪していた武功派が、彼を襲撃せんとする事件が起こった。

正則や輝政、長政の三人に加藤清正や細川忠興、浅野幸長、加藤嘉明も加わり、夜間に手勢をひきつれて、大坂の三成の屋敷へ押しかけたのだが、危険を察知した三成は逃亡。夜陰にまぎれて舟で伏見へと向かい、こともあろうに、いちばんの敵であるはずの家康の屋敷へ飛びこんだの

だった。

まさに懐ろにはいった窮鳥である。放逐することも出来ず、家康は三成を匿い、それを憤る諸将をなだめた。

「ただし、ここは喧嘩両成敗……治部少輔どの、貴公には奉行の職を下りていただかねばなりませぬでしょうな」

三成は不服顔であったが、その場は他に打つ手がない。みずから辞職して、近江佐和山の居城で蟄居することとなった。

その後もなお、豊臣恩顧の者同士の対立や不穏な動きはつづく。それを利して家康が、何とか大戦さにもちこもう、と考えていた矢先、格好の報がもたらされた。

五大老の一人、上杉景勝の様子がおかしいというのである。

景勝は秀吉の存命中、養父・謙信以来の越後春日山城から陸奥の会津若松へと移封されていた。さっそく新領地の経営に取り組もうとしていたときに、秀吉が薨去。他の大老や奉行と同様、事後処理に追われ、国もとへ戻ることが出来ない。

それが、ようやく帰国がかなった。景勝は領内の城や砦をつぎつぎと修復し、新たな兵を雇い入れるなどして、軍備を強化しはじめた。その事実をもとに、

「上杉方が謀反をくわだてておる模様」

との評判が立ったのである。

慶長五（一六〇〇）年の正月、家康はそれを難ずる書状を景勝方に送りつけた。

「釈明すべきことあらば、すみやかに上洛されたし」

景勝はこれを無視して、諸城諸砦の修築をつづけ、しまいには本拠・若松に城を新築しようとする。四月の初めになって、家康は会津へ使者を送り、再度、上洛を命じた。それに対して、上杉家家老の直江兼続は、

「わが当主・景勝に二心なく、釈明するいわれもなし」

として、十六ヵ条から成る返書を寄こした。

世によく知られる「直江状」だが、これこそは家康が待ち望んでいたものであった。

このころ近江佐和山の石田三成も兵備をととのえるなどしていて、東西が連携していることは、およそ見えていたのだ。

六月半ば、家康を総大将とする上杉征伐軍は、大坂の城をあとに、北国・会津へ向かった。

七月の初めに江戸にはいり、いったんそこで諜報をあつめるなどしてから、同月下旬に北上を開始する。

一行が小山に至ろうとするころ、三成が越前敦賀の大谷刑部少輔吉継と計らい、挙兵したことや、それに毛利輝元をはじめとする毛利一族、宇喜多秀家や島津義弘らも同調したことが伝えられた。

それと軌を一にして、三成は家康の法度違反を弾劾する書状を諸大名に送りつけている。

「よう、やってくれおるわ、三成め」

このとき、家康は満面に笑みを浮かべて、そばに控える直政に言った。

「これで、いよいよ本当に、天下分け目の大戦さが出来るわい」

局面が変わったことを傘下の諸将に告げる役目も、井伊直政がつとめた。その時点での会津の様子、三成方の動きを二つなりに告げて、

「これより、いくつかの小隊をこの地に残し、本隊は治部少輔を成敗すべく、方向を転じて西上せんといたす所存であるが、いかがでござろう」

言うと、どよめきが起こり、つぎの瞬間、だれもが黙って、座は静まりかえった。

毛利輝元が敵方の総大将となり、副将格には宇喜多秀家が就任。それは良いとしても、三成が秀吉の遺児の秀頼をも担ぎだそうとしている。豊臣恩顧の部将たちにとっては、そのことが気になるし、彼らの妻子の大方が大坂城にとどまっている。

つまりは、人質を取られてしまっているのだ。

「おのおの方のご内室ご子息ご息女は、治部らによって、大坂の城に幽閉(ゆうへい)されておるとのよし……さぞや案じておられよう」

その直政の言葉に重ねるようにして、

「なに、この家康に無理矢理、従うことはない。去就(きょしゅう)進退はおのおのに任せようぞ」

家康自身が声を発した。

ふたたび、どよめきが湧き、皆が好き勝手に私語をかわしはじめる。そのとき、一同の陰に隠れていた福島正則が前方に進みでて、大声を張りあげた。

「それがしは、とうに覚悟を決めておりまする。ご内府と行動を一にしましょうぞ」

すかさず、黒田長政が、

「拙者も同じ。治部めを討ちに参りまするっ」

と叫び、あとは簡単であった。

一人二人をのぞき、あらかたの将が正則らに倣(なら)ったのだ。

これについては直政も家康に聞かされていたし、彼自身、工作の場に同道してもいる。

もとから家康に近かった黒田長政を最初に落とし、ついでその長政に頼んで、一行の主将格たる福島正則を説得させたのである。

このおりの軍議を称して「小山評定」というが、議が決したと見て、家康は、上杉勢には伊達や最上ら奥羽諸国の軍勢を充てて牽制(けんせい)させておき、みずからは正則や長政、細川忠興らの諸将をひきいて西方をめざすことにした。

この隊の先鋒となる軍監(ぐんかん)には、家康直臣の井伊直政と本多忠勝が任命されている。

豊臣秀吉のもとからさらに下総の結城(ゆうき)家に養子に出された家康の二男・秀康は小山にとどまり、牽制軍に配される。三男の秀忠は、榊原康政や本多正信(まさのぶ)ら三万八千の兵をひきつれ、中山道を西へ向かい、いずれ美濃のあたりで東海道を進む家康指揮下の本隊と落ちあう。

そして四男でこれが初陣となる忠吉は、岳父（がくふ）の井伊直政とともに本隊の先陣を行くこととなった。


軍監の直政や忠勝、それに福島正則、黒田長政など豊臣恩顧の武功派たちはほどなく先発したが、総大将の家康は八月初めに江戸へ戻るや、一月（ひとつき）ほども動こうとはしなかった。

江戸城にこもり、味方には激励の文（ふみ）を書き、去就のさだまらぬ諸将には、恩賞や褒美（ほうび）をたっぷりとちらつかせて、

「ぜひに、わが方に付かれたし」

との文を書き送っていたのである。

この工作の成功率は高かった。

わけても小早川秀秋（ひであき）と、吉川広家（きっかわひろいえ）の内応を取り付けたのは大きい。

この両家、長らく「毛利の両川（りょうせん）」といわれてきたが、秀秋は秀吉の実甥であり、たまたま後継の絶えた小早川家にはいったもので、毛利とはまるで血縁がなかった。目下の立場上、三成方の西軍にくみさざるを得ないが、もともと彼は家康と親しく、合戦のさなか、東軍に寝返ることを約束している。

小早川勢の兵は、一万五千余。この一隊の動きこそは、戦さの行方を決めるのではなかろうか。

一方の吉川広家は出雲富田の吉川家をつぎ、宗家の当主・毛利輝元を補佐する立場にあった。その輝元は、かたちだけとはいえ、西軍の総大将に担がれてしまっている。

しかし大坂城を離れられぬ輝元に代わって、前線での采配を託された広家もまた、盟友の黒田長政らを通じて、

「毛利は内府どのに荷担する……少なくとも、戦さ場では全軍、陣内にとどまって動きませぬ」

と言ってきていた。

あらかじめ家康に聞かされていて、直政らも、この毛利勢の動きには目を光らせている。

九月一日になって、ようやく家康は江戸を発った。途中、少々体調を崩していた直政も、家康と同じころに、本多忠勝に任せていた本隊に追いつき、一丸となって東海道を進んだ。

それにしても榊原康政や本多正信、大久保忠隣、酒井家次など、徳川譜代の将の過半までが中山道の秀忠隊に属し、直政や忠勝はいるものの、こちらはほとんど豊臣恩顧の将ばかりである。

彼らが本気で東軍の家康方に付いて立ち働いてくれるのか……家康主従はいまだ半信半疑であったが、先発していた福島正則らは尾張清洲を拠点に東美濃一帯を制圧。三成らがとどまる大垣城とは指呼の間にある赤坂の地に陣を張り、西軍勢との睨み合いをつづけていた。

九月十四日、その赤坂の陣に、家康らの本隊は到着したが、すぐに大垣城攻略の支度にかかろうとはしない。

「この戦さ、いたずらに城攻めなぞして長引かせてはならぬ。野戦にて、いっきに片を付けよう

ぞ」

東軍の将をすべてあつめた軍議の席で、家康はそう告げ、明十五日の払暁をもって、さらに西進すると宣言した。

はたして、夜明けまえに東軍勢は出立したが、そのころには三成方もまた大垣城を出て、垂井を抜け、関ヶ原方面へと兵を動かしていた。

三成は諜報によって家康方の策を知り、敵が西上するところを迎撃せんとしたのである。

七

三成は数千の兵のみを大垣城に残し、おのれの手勢のほか、島津義弘、小西行長、宇喜多秀家らの兵、三万余をひきいて、大垣から四里（約十六キロ）ほど離れた関ヶ原まで進んだ。

このときすでに関ヶ原近辺には大谷吉継、毛利秀元、吉川広家、小早川秀秋、長宗我部盛親、長束正家らの軍勢が到着していて、それぞれに布陣していた。

関ヶ原は周囲を小高い山に囲まれた、一里四方ほどの盆地である。北に伊吹、南に鈴鹿の山々、東と西に南宮山と今須山がそびえている。

その盆地の西南、関の藤川の流れをのぞむ段丘上に、大谷勢の陣があり、手前の河原と平野部に脇坂安治、小川祐忠らの諸隊。西南端の松尾山に、小早川勢が陣取っている。

反対側の東南方、南宮山の中腹から麓にかけては、毛利秀元と吉川広家の毛利勢。それに安国寺恵瓊、長宗我部盛親、長束正家らの諸隊が屯していた。

大垣から進撃してきたばかりの主力部隊は西北方に陣を布き、石田三成指揮下の本隊は最北端の笹尾山、それに島津隊や小西隊がつづく。殿をつとめた宇喜多の軍勢はその南方、天満山の麓に集結、大谷勢と陣を接していた。

単純に計算すれば、西軍は八万、東軍は七万と数千で、西軍有利となる。だが吉川広家と毛利秀元の軍勢、一万八千が動かず、小早川勢一万五千余が東軍方に寝返れば、形勢は大きく変わる。加えて家康方には、さらなる増援が見こまれた。中山道を進んでくるはずの秀忠軍である。

それが、いまだに到着していない。

信州は上田城の攻防戦で、三成方についた真田昌幸・信繁父子を相手に容易に勝てず、手こずっているとの報は届いた。が、遅滞はつづきそうで、もはや待ってはいられない。

夜明けまえに赤坂を発ち、家康ひきいる東軍の本隊が関ヶ原に着いたのは、夜が白みはじめたころだった。

夜半ごろに降りだした雨が小やみになり、朝霧と化して野面を覆いつくしている。

その霧を透かして見れば、敵は関ヶ原の地形を利して、四方の山や山裾にそれぞれの兵を配置し、盆地をぐるりと取り巻いている。

いわゆる「鶴翼」の陣形であった。赤坂から一すじの帯のごとくに連なって進軍してくる東軍を高みから包囲して、一挙に壊滅させようという策戦だろう。

東軍のほうもしかし、簡単にはその手に乗らない。

関ヶ原に着くなり、家康は諸隊を散開させて、敵の各陣営に張りつく格好で陣を布かせた。

家康自身は盆地のやや北寄り、桃配山(ももくばりやま)の山麓に陣をかまえる。これが東軍勢の本陣・本営である。

先陣の福島正則隊は、敵方にもっとも近い位置に陣取り、天満山の宇喜多勢と相対し、その後方には京極高知(きょうごくたかとも)と藤堂高虎隊が控えている。

福島勢の北方に、本多忠勝など、譜代の諸隊が布陣。家康の四男・忠吉を擁した井伊直政と、その軍団はここにいた。揃いの甲冑が霧滴(むてき)に濡れて、妙に赤々と輝いている。

いちばん北側に、黒田長政と細川忠興らの軍勢が配され、一歩も引かぬ構えで、笹尾山の石田勢と睨みあっていた。

いかにも一触即発、といった気配ではある。が、双方、まるで動こうとはしない。

あたり一面、濃淡まだらに霧が漂っていて、視界がわるい。赤備えの井伊の軍団だけは際立っているが、

「これでは敵か味方か、見分けがつかぬ」

として、西軍勢はなかなか仕掛けようとはしなかった。

東軍のほうとて、事は同様であった。

合流するつもりでいた別動隊の秀忠軍が、待てど暮らせど現われないのだから、なおのことである。

そうして対陣したままに、一ツ刻（二時間）ほども時がすぎた。

最初に均衡を破ったのは、井伊直政だった。

彼は即刻開戦すべきだと主張して、最前から何度も本陣の家康に伝令を送っていた。

「敵勢を目前にして、全軍が揃うのを待ったり、勝機を窺うなぞしていたのでは、そのうちに怖（お）じけて、離反する者が出るやもしれませぬ」

さらに直政は、独断で勝手に攻撃する者もあるのではないか、とも伝えさせたが、そのじつ、他のだれよりも、

「先駆けは、われらがいたす」

そう思っていたのだ。

それというのも、譜代の多い秀忠の軍勢は来ず、今のままだと徳川勢は分がわるい。この天下分け目の大戦さにあって、本隊抜きで外様（とざま）の福島正則や黒田長政らに戦功をあげさせたのでは、家康の立場もないし、のちのち困ることになりはすまいか。

もう一つ、あるのでござる……と直政は眼をつぶり、今は亡き養母の井伊次郎尼法師直虎に語りかけていた。お屋形さまの実のお子にして、己の娘婿たる二十一歳の松平忠吉どのは、こたび

が初陣。ここはぜひとも、お手柄を立てていただきたいのですが、いかがでござりましょうか。
また、抜け駆け禁止の軍中法度を、あえて破ること、養母上は、おみとめ下さりましょうか。
何となれば己は、ただたんに三成憎しの心情のみで戦う豊臣の将とはちがう。これは天下を取るための、お屋形さまの戦いである、と信じておるのでござりますから。

直政の耳に、直虎の懐かしい声が聞こえた。

そなたは吾の息子も同然、その婿どのであるならば、孫も同然と言えましょう。お屋形さまのため、忠吉どののために、存分におやりなさい。ためらうことは何もありませぬ。――

刹那（せつな）、直政はその忠吉と、わずかに二、三十騎の手勢を連れて、戦さ場の最前線に飛びだしていこうとしていた。それを福島隊の可児才蔵（かにさいぞう）が大きく両手をあげて、

「どなたであろうとも、これよりさきへは行くこと、なりませぬ」

「内府さまのご子息でもか……こちらは、家康公ご四男の松平忠吉どのでござるぞ」

初陣ゆえに、まずは視察に行かれるのだ、と告げると、可児は一瞬、怯（ひる）み、うろたえる表情をみせた。その隙に、

「ささっ、忠吉どのっ」

うながして、可児ら福島勢のわきを擦り抜けた。そのまま直政と忠吉、その手兵らは一斉に刀を抜いて、宇喜多軍の真っ只中へ斬りこんでいった。

負けじ、と後方の福島隊、八百の鉄砲が火を噴いて、黒田隊の布陣した丸山からも合図の狼煙（のろし）

が上がり、本格的な戦闘がはじまることとなった。

　銃撃戦から白兵戦(はくへいせん)へ、熾烈な戦いは正午近くまでつづいたが、東西両軍、一進一退をくりかえし、どちらも予断をゆるさない。

「小早川の小倅(こせがれ)め、いったい何をやっておるのじゃ」

　家康はいくどとなく本陣の床几(しょうぎ)から腰を浮かせて、敵陣の西南端、小早川秀秋隊が陣取った松尾山のほうを眺めやった。

　朝方からの霧が晴れだして、真っ青な空に太陽すらも顔をのぞかせている。その秋の陽光は、小早川の兵たちの姿も照らしだしているのだが、いっかな動きだす様子はない。

　関ヶ原の盆地を軸に、松尾山と向かいあう南宮山の毛利勢も動かずにいるが、こちらはそれが家康方とかわした約定だから、有り難いと言える。

　戻ってきた斥候兵の報告によると、前方にいる吉川広家の部隊が妨げとなって、後ろの毛利の本隊も身動きできずにいるという。

「そいつは重畳(ちょうじょう)。じゃが、小早川勢は……」

　さては秀秋、臆(おく)したか。それとも、東西いずれが優勢か、戦況を見て、加担するほうを決めようというのか。

「ふむ。こうなれば、一発、脅してみるしかあるまい」

家康は自陣内にいる旗本の鉄砲隊に申しつけて、松尾山の小早川の陣に向け、一発どころか、百発近い鉄砲の弾を浴びせかけた。

効果は覿面、慌てた小早川秀秋はただちに采配をとり、

「者ども、かねての策のとおり、攻撃を開始せよっ」

北隣の大谷隊と小西隊めがけて、兵たちを進撃させた。

この小早川の寝返りによって、兵力は逆転した。小早川隊に加え、その前方にいた脇坂や小川、朽木らの諸隊までが東軍方にくみすることとなり、あわせて九万四千。対するに、毛利勢がまったく動かずにいるために、西軍側の兵の実数は三万五千ほどで、六万ものちがいが出る。

あまつさえ、味方の将兵の裏切りは他のすべての兵に影響をあたえ、大きく士気を萎えさせる。

この時点で、すでに勝敗は決していた。

小早川や脇坂らの攻撃をうけて、まずは大谷勢が崩れ、小西、宇喜多、そして本隊の石田勢とあいついで崩壊し、西軍の兵たちは武器を捨て、われがちに逃走をはじめた。

最後まで戦さ場にとどまったのは一千余の島津の兵だが、これは、はなから戦意がなく、動きが鈍かった。将帥の島津義弘が、もともと三成と反りがあわず、ただ豊臣との係わりだけで参戦したためである。

それで取り残された格好になったが、彼らが最後にとった行動は、

「さすがは薩摩武士」

と、のちのちまでも語りぐさになるほどに勇猛だった。

西軍の他の敗残兵は皆、背後にそびえる伊吹の山塊のほうへと逃れたが、彼ら島津隊は反対側に向けて駆けた。

一か八かの敵中突破をこころみたのである。

当年とって六十六歳と高齢の島津義弘を庇うようにして、鉾のごとき楕円形の陣構えをとり、家康の本陣のすぐかたわらを疾走したのだ。

意表を突いた、まさかの脱出行であったが、これを部下の将卒に先駆けて追撃しているさなか、井伊直政、松平忠吉ともに負傷することとなった。

ことに直政のうけた傷は重かった。

義弘の甥の島津豊久を討ち取り、さらに義弘の間近に迫ったとき、島津の家士・河上久右衛門の放った銃弾が右肘に当たった。直政は手綱を持っておられず、取り落として、落馬してしまったのだ。

「殿、大丈夫でござりまするか」

「お気を確かに……」

などと口々に言いながら、手下の兵たちが直政のほうに寄ってくる。その間に、島津勢はまんまと脱出することに成功した。

直政の足腰に異常はなかったが、銃弾は二の腕を貫通し、しばらくは出血がとまらず、痛みも

また ひどかった。

その様子を見て、心配した家康が手ずから秘蔵の疵薬を彼の傷口に塗ってくれた。それに感じ入った直政は、二日後には疼痛を堪えて、ふたたび出陣。三成の父・石田正継が守っていた近江佐和山城の攻略戦の軍監をつとめ、みごとに落城せしめている。

常在戦場。

この言葉は、井伊兵部少輔直政のためにこそ、あるのかもしれない。

終章　子の子のすえの

徳川家康の身内・親族で、関ヶ原合戦に加わり、みごとな手柄を立てたのは、四男の松平忠吉ただ一人である。それを扶けた忠吉の岳父・井伊兵部少輔直政は、戦後の論功行賞の席で、家康に向かい、こう言って褒めた。

「逸物の鷹は、お子の鷹までも逸物、ということでござりまするな」

これに対して家康は、笑いながら応えた。

「なるほど。それはおそらく、鷹匠が良いためであろうよ」

駿馬には名調教師が付くように、能ある鷹は優れた鷹匠が付いていてこそ、その才能を発揮できる、というわけである。

このおりの行賞で、忠吉は尾張清洲五十二万石という高禄を得た。それは家康の実子なのだから、当然ともいえようが、直政が「抜け駆け禁止」の戦場法度をあえて破ってまでして、

「これは徳川の戦さである」

ということを世に示した、その見返りでもあろう。

じっさい、法度破りに関しては、家康はまったく言及せず、直政にも六万石を加増し、石田三成の旧領であった近江佐和山十六万石をあたえた。旧領である上州の一部とあわせて、十八万石。家康の直臣のなかでは、依然、第一等である。

これがさらに彦根に移り、ほぼ倍の三十五万石となるのだが、そのことはひとまず措(お)こう。

佐和山は大坂と北陸とをむすび、上方と東国・江戸とをつなぐ中山道にあって、軍事・交通の要衝(ようしょう)であった。その城の主となったわけだが、いつまでそこに、じっとしておられるような直政ではない。

それからも精力的に動き、家康と毛利輝元との仲裁役や、関ヶ原で西軍についた四国の長宗我部(ちょうそかべ)氏相手の城受け交渉、といった厄介な役目をこなしつづけた。

信州上田の城で、秀忠ひきいる徳川の別動隊を翻弄し、足止めを喰らわせた真田父子の助命運動にも奔走する。

「英雄、英雄を好む」

直政はみずから傑物が好きであり、これも家康の直臣となった真田兄弟の兄・信幸と親しいこともあって、なかんずく、この昌幸・信繁の助命嘆願には熱心で、信幸の舅(しゅうと)の本多忠勝とともに何度となく家康に対し、はたらきかけた。

慶長六（一六〇一）年七月、その直政から真田信幸にあてた直筆の書状が今日も残されている。

「是非是非罷り上り候て内府に卒度申し聞かせ、有増の儀申し談ずべく候」

真田昌幸や信繁（幸村）の赦免のことを、自分がぜひとも家康に談判してやろう、と約しているのである。

だがしかし、このころから直政の体調が、しだいに悪化しはじめた。

関ヶ原の戦さ場で、敗走する島津の兵に撃たれた鉄砲傷がひらき、そこから菌がはいったのだ。今日でいう敗血症であろうとの説もあるが、本当の病名はわからない。

だが古傷のある肘から二の腕にかけて突然、堪えきれぬほどの疼痛に襲われたり、高熱にうかされるなどの症状をくりかえしていたようだ。

そういう体調不全や発熱のせいもあるのだろう、ときには京都六条河原で斬首された三成の幻影を見るなどして、精神的にも安定せず、佐和山の城に居心地のわるいものを感じるようになった。

「可能であれば、ここ佐和山の西、琵琶湖に面した風光の良い磯山か彦根山あたりへと、わが居城、移築したいと存じまする」

その訴えは家康の容れるところとなり、移封までが検討されたが、それが実現するのを眼にするまえに、井伊直政はこの世を去った。慶長六年の末に上方の名だたる湯治場、有馬の湯におもむき、体調の回復をはかったが、病魔は確実に直政のからだを蝕んでいたのだ。

翌慶長七年の二月一日、臨終を迎える。享年四十二。

武家の範のごとくに言われている直政である。雅びたことは苦手だったようだが、じつはいくつかの歌が残されている。

「立そふる　千代の緑の色深き
　松の齢を　君も経るぬべし」

天正十五（一五八七）年、従四位下に叙された直後、後陽成天皇が秀吉の聚楽第に行幸したおりに、直政も供奉することをゆるされた。殿上の宴に陪席したときに詠んだ歌である。

また、辞世ではないが、直政はこんな歌を残した。

「祈るぞよ　子の子のすえのすえまでも
　まもれ近江の　国つ神々」

直政の死後、家督は十三歳の嫡子・直継がつぐはずだったが、病いがちで、直勝と改名しても良くならず、同い年の異母弟・直孝に跡目をゆずった。この直孝を家老の木俣清左衛門盛勝らが盛り立てて、彦根への移封と築城を推進する。

「彦根の城は京師や上方、西国への固め」

それほど大事と見た家康は、この城を「天下普請」――井伊という一家・一大名ではなく、近隣の大名たちにも手伝わせて築城させた。

そして、さきの歌中の直政の「祈り」のとおり、彦根三十五万石の井伊家は徳川家の譜代筆頭となり、初代藩主・直政、二代・直孝、三代・直澄（なおずみ）、四代・直興（なおおき）……と「子の子のすえのすえ」までもつづき、五人もの大老を出した。

なかでも幕末、第十三代藩主にして幕府大老（たいろう）となった井伊掃部頭直弼（かもんのかみなおすけ）は、よく知られている。悪名高き安政（あんせい）の大獄（たいごく）の執行者か、はたまた、日本開国の功労者か……大きく評価が分かれる人物ではあるが。——

井伊直政は最後まで、郷里の井伊谷のことを忘れなかった。養母の祐圓尼、井伊次郎尼法師直虎のこともである。

「できれば近親とともに……わけても、養母上（ははうえ）の直虎さまのおそば近くに眠りたい」

死のときを目前にして、直政は唯一生き残っていた伯母に、その思いを伝えた。生母さやの姉である。

「父母らの墓参をいたしたいが、おのれ自身が重い病いを得たとあっては、それもかなわぬ」

そうと告げて、大枚の金子（きんす）を託し、みずからのそれもふくめた一族の新たな墓碑の建立を依頼したのである。

その願いは、直政麾下の将の一人として、かの小牧・長久手の戦いに参加してから帰郷、南渓和尚の跡をついで龍潭寺の住持となった昊天（こうてん）和尚らの尽力により、かなうこととなる。

同寺の井伊家の墓地に、五基の五輪塔の墓が建立されたのだ。

直虎の母の祐椿尼、直政の実父の直親と生母さや、そして次郎直虎の墓とともに、かつて虎松とよばれた直政の墓もある。

井伊宗家の故地・井伊谷を見守るようにして、虎松と直虎の「両虎」は今日なお、そこに眠りつづけている……。

主要参考引用文献

井伊家傳記　龍潭寺九代住職・祖山法忍著　龍潭寺蔵／戦国未来訳　戦国出版
井伊直平公御一代記　引佐町教育委員会
引佐町史　引佐町編　引佐町
寛政重修諸家譜（徳川幕府編纂）
国指定史跡　清凉寺「彦根藩主井伊家墓所」調査報告書　彦根市教育委員会
湖の雄　井伊氏――浜名湖北から近江へ、井伊一族の実像　辰巳和弘・小和田哲男・鈴木一記・八木洋行著
公益法人静岡県文化財団
三河物語　大久保彦左衛門著／小林賢章訳　教育社
甲陽軍艦　腰原哲朗訳　教育社
女城主・井伊直虎　楠戸義昭著　ＰＨＰ研究所
女にこそあれ次郎法師　梓澤要著　新人物往来社
剣と紅――戦国の女領主・井伊直虎　高殿円著　文藝春秋
井伊の虎（『常在戦場　家康家臣列伝』所収）　火坂雅志著　文藝春秋
井伊直政・直孝　中村不能斎著　彦根史談会
井伊直政――天下取りの知恵袋　池内昭一著　叢文社
井伊軍志――井伊直政と赤甲軍団　井伊達夫著　彦根藩史料研究普及会
井伊家歴代甲冑と創業軍史　井伊達夫著　宮帯出版社

定本・名将言行録　岡谷繁実編　新人物往来社
家康・十六部将　徳永真一郎著　毎日新聞社
井伊直政――逆境から這い上がった男　高野澄著　ＰＨＰ研究所
井伊直政――家康第一の功臣　羽生道英著　光文社
日本の１００人番外編　井伊直政（ムック版）　デアゴスティーニ・ジャパン
家康――逃げて、耐えて、天下を盗る　岳真也著　ＰＨＰ研究所
徳川諸家系譜　続群書類従完成会
徳川家康文書の研究　中村孝也著　日本学術振興会
徳川家康事典　村上直他編　新人物往来社
徳川家康・その重くて遠き道（別冊歴史読本）　新人物往来社
長久手町史　資料編６　愛知県長久手町
完全制覇・戦国合戦史　外川淳著　立風書房
関ヶ原合戦・戦国のいちばん長い日　仁木謙一著　中央公論社
関ヶ原合戦　笠谷和比古著　講談社
読める年表・日本史　川崎庸之、原田伴彦、奈良本辰也、小西四郎監修　自由国民社
新版・日本史辞典　朝尾直弘、宇野俊一、田中琢編　角川書店

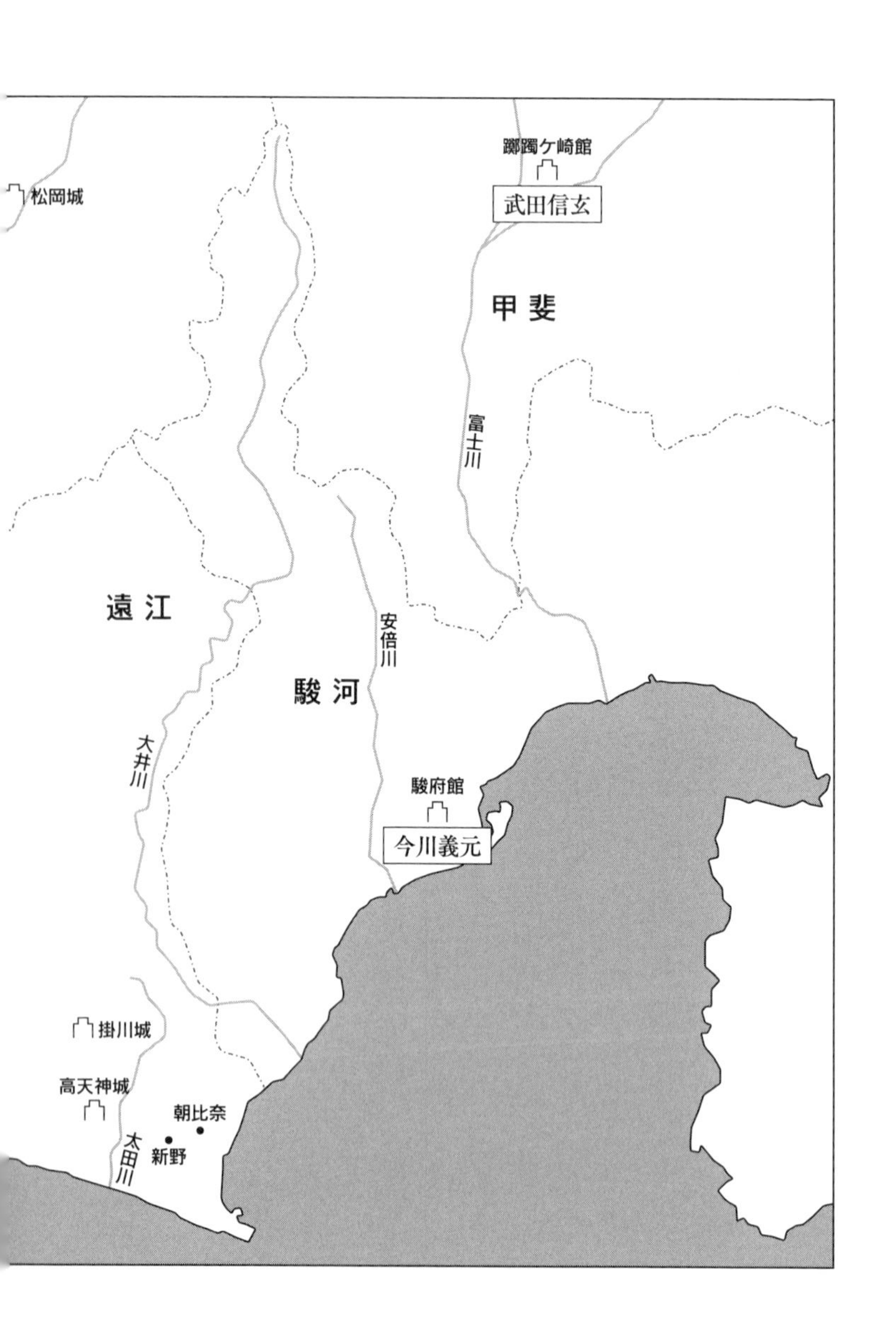
躑躅ケ崎館
武田信玄
松岡城
甲斐
富士川
遠江
安倍川
駿河
大井川
駿府館
今川義元
掛川城
高天神城
朝比奈
新野
太田川

関連戦国地図
美濃
信濃
松源寺
木曽川
庄内川
清須城
織田信長
尾張
矢作川
大高城
桶狭間の戦い
天竜川
三河
鳳来寺
仏坂
岡崎城
長篠城
徳川家康
奥山
三岳城
二俣城
宇利城
方広寺
井伊谷城
豊川
本坂
龍潭寺
井伊直虎
三方原の戦い
祝田
(蜂前神社)
吉田
村櫛
引馬城
(浜松城)
白須賀
頭陀寺城
(松下屋敷)

著者略歴

岳　真也（がく・しんや）

1947年、東京生まれ。慶應義塾大学経済学部卒、
同大学院社会学研究科修了。66年、学生作家としてデビュー。

著書に『きみ空を翔け、ぼく地を這う』（角川書店）、

『水の旅立ち』（文藝春秋）、『骨肉の舞い』（河出書房新社）など多数。

近年は『北越の龍　河井継之助』（角川書店）、『逃げる家康天下を盗る』

（PHP 研究所）、『剣俠』（学習研究社）など、時代小説にも力を注ぎ、
98年刊行の『吉良の言い分　真説・元禄忠臣蔵』（KSS 出版）はベストセラー、

『吉良上野介を弁護する』（文藝春秋）はロングセラーとなった。

近著に『文久元年の万馬券』（祥伝社）、『日本史ほんとうの偉人列伝』（みやび出版）、

『此処にいる空海』（牧野出版）、『福沢諭吉』『生涯野人―中江兆民とその時代』

『幕末外交官―岩瀬忠震と開国の志士たち』『真田信幸―天下を飾る者』

（以上作品社）、がある。

現在、法政大学講師。日本文藝家協会理事、歴史時代作家クラブ代表幹事。

直虎と直政
――井伊谷の両虎

二〇一六年十一月二五日　第一刷印刷
二〇一六年十一月三〇日　第一刷発行

著　者　岳　真也
装　幀　小川惟久
発行者　和田　肇
発行所　株式会社　作品社

〒一〇二-〇〇七二
東京都千代田区飯田橋二ノ七ノ四
電話　(〇三)三二六二-九七五三
FAX　(〇三)三二六二-九七五七
振替　〇〇一六〇-三-二七一八三
http://www.sakuhinsha.com

本文組版　米山雄基
印刷・製本　シナノ印刷㈱

落・乱丁本はお取替え致します
定価はカバーに表示してあります

©Gaku Shinya 2016

ISBN978-4-86182-599-6　C0093

真田信幸

天下を飾る者

岳真也

幸村（信繁）を
支え続けた
真田家の嫡男

真田の嫡子でありながら家康の養女（本多忠勝の娘）を妻とし、眉目秀麗・六尺一寸の長身と十代からの卓抜な戦略により「信濃の獅子」「天下を飾る者」と徳川の歴代家中で尊敬を集めた好漢の実像。

真田信幸
天下を飾る者
岳真也

◆岳真也の本◆

幕末外交官
岩瀬忠震と開国の志士たち

アヘン戦争など迫り来る外圧の下、将軍継嗣問題と攘夷思想に翻弄される幕閣。指針なき政権と曖昧な国論の狭間で、身命を賭して列強と対峙した最初で最後の外国奉行たち。

生涯野人
中江兆民とその時代

岩倉使節団と共にフランスに留学。帰国後ルソー『民約論』を翻訳・紹介、自由民権運動に絶大な影響を与える。民権派の新聞に健筆を揮い、終生野に在って藩閥政治を厳しく糾弾。独自の唯物史観に貫かれた波瀾の生涯を周密に描く渾身の書き下ろし歴史小説。

福沢諭吉
❶青春篇／❷朱夏篇／❸白秋篇

ここに描かれた諭吉には、血が通っている。時代の現実も生きいきしていて、諭吉と一緒に生きるような気分にさせられる。（秋山駿氏評）
近代日本の黎明に燦然と輝く巨星の全生涯を描く渾身の大河小説。

緑回廊

泥沼の関係に生き惑う、抗い難き火宅の愛。灼熱のタクラマカン砂漠に幻視する目眩めき宿縁の真実。妻子を擲ち人妻に溺れ、痴情の果てに罪多き宿業を見据える純文学情痴小説の金字塔。

風の祭礼

灼熱の風土、遍在する死…。この世のしがらみに疲れたとき、人はなぜインドを目指すのか。火宅の作家が彷徨の果てに辿り着く人の世の真実。

◆作品社の歴史小説◆

末國善己 編

小説集
真田幸村

南原幹雄、海音寺潮五郎、山田風太郎、柴田錬三郎、菊池寛、五味康祐、井上靖、池波正太郎。幸隆、昌幸、幸村。戦国末期、真田三代と彼らに仕えた異能の者たちの戦いを、超豪華作家陣の傑作歴史小説で描き出す！

小説集
黒田官兵衛

菊池寛、鷲尾雨二、坂口安吾、海音寺潮五郎、武者小路実篤、池波正太郎。稀代の軍師の波瀾の生涯を、超豪華作家陣の傑作歴史小説で描き出す。

小説集
竹中半兵衛

海音寺潮五郎、津本陽、八尋舜右、谷口純、火坂雅志、柴田錬三郎、山田風太郎。秀吉を支えた天才軍師の波瀾の生涯を、超豪華作家陣の傑作歴史小説で描き出す。